HENRIETTE PRAVAZ
HISTOIRE DE PRALINE
ILLUSTRATIONS
DE
JULES GIRARDET
1857

SOCIÉTÉ ANONYME D'IMPRIMERIE DE VILLEFRANCHE-DE-ROUERGUE
Jules Bardoux, Directeur.

# HENRIETTE PRAVAZ

# HISTOIRE

# DE PRALINE

Illustrations de Jules GIRARDET.

PARIS

LIBRAIRIE CH. DELAGRAVE

15, RUE SOUFFLOT, 15

1890

*A Mesdemoiselles*

*ANTONIE DAVID et JANE NEYRON*

*Leur vieille amie*

HENRIETTE **PRAVAZ.**

# HISTOIRE DE PRALINE

Adèle avait reçu de son oncle une belle pièce de vingt sous toute neuve, pour s'acheter des pralines, qu'elle aimait beaucoup.

Sa bonne la conduisait chez un confiseur, lorsque, traversant une rue, elle entendit de petits miaulements plaintifs qui lui allèrent au cœur.

« Oh ! ma bonne, dit-elle, il y a là un pauvre petit chat perdu : écoutez comme il pleure !

— Eh ben ! que voulez-vous que j'y fasse ? répondit la bonne en ricanant.

— Il faut le chercher et l'emporter ; il ne faut pas le laisser dans la rue.

— Bah ! reprit la bonne, s'il fallait ramasser tous les chats perdus, on aurait à faire ! Les bêtes sont des bêtes, mam'zelle !

— Et croyez-vous, Jeannette, que ça ne sent rien, une bête ? Comme vous et comme moi, ça souffre du froid, de la faim, de la soif... C'est méchant, quand elles appellent au secours, de ne pas aller à leur aide. »

La bonne haussa les épaules.

« Ah ! pauvre petite mam'zelle ! dit-elle, s'il fallait se faire de la bile à propos d'un misérable chat perdu, on aurait bien de la bonté et du temps de reste ! Et puis, c'est une vilaine bête, le chat ; plus il en crève et mieux ça vaut. C'est traître, hypocrite, gourmand, voleur… Pouah ! c'est le diable !

— Et qu'en savez-vous ? demanda Adèle. Est-ce que vous en avez élevé, des chats, vous ?

— Élever des chats ! s'écria Jeannette. Ah ! le plus souvent que j'en éleverais ! pour me faire tourner le sang !

« Pendant le jour, cette mauvaise engeance me volerait ma viande, me boirait mon lait ; et, la nuit, j'aurais pas plus tôt éteint ma bougie et fermé les yeux que, crac ! le monstre me sauterait à la gorge pour m'étrangler. »

Adèle allait répondre ; mais les miaulements étaient devenus si désespérés qu'elle n'y put tenir plus longtemps ; elle lâcha la main de sa bonne et courut du côté d'où partaient les cris de détresse du pauvre minet.

Elle tomba dans un groupe de quatre ou cinq gamins qui s'amusaient à tourmenter un pauvre petit chat, trop faible pour pouvoir échapper à ses bourreaux. On lui tirait les moustaches, on lui arrachait le poil, on le prenait par la queue et on lui faisait faire le moulinet…

Le cœur généreux de la petite Adèle s'émut d'indignation à ce spectacle.

« Vous êtes des lâches, dit-elle aux méchants garnements qui la regardaient avec surprise, ne sachant d'où sortait cette élégante et jolie fillette dont les yeux brillaient comme des flammes.

« Vous êtes des lâches, répéta-t-elle, de faire du mal à une pauvre petite bête qui ne peut se défendre. S'il passait par là des gendarmes, je vous ferais mettre en prison, parce que maman m'a dit qu'il y a une loi qui punit les méchants qui font du mal aux animaux. Donnez-moi ce chat.

— Ah ! ah ! ah ! Elle est bonne, celle-là ! ricana un gamin. Et pourquoi donc que je vous donnerais mon chat ? Il est à moi, je peux bien en faire ce que je veux, p't'être !

— Pas du tout, riposta Adèle ; il ne vous est pas permis de le faire souffrir, quand même il serait à vous. C'est une honte de voir de grands garçons se faire un jeu des souffrances d'une pauvre petite bête ! Que diriez-vous si des hommes très grands, très forts, s'amusaient à vous faire du mal ? s'ils vous arrachaient les cheveux, s'ils vous tiraient les oreilles, s'ils vous prenaient par un bras ou par un pied pour vous faire tourner en l'air ?... Vous diriez que ces hommes sont bien cruels et vous seriez bien contents que quelqu'un vînt vous délivrer.

— Achetez-le-nous, puisque vous le voulez ! » répliqua le gamin.

Adèle se tourna vers sa bonne :

« Donnez-moi vite mes vingt sous, que j'achète le chat. »

La bonne leva les bras au ciel, comme si cette demande l'avait ahurie ; puis elle s'écria :

« Y pensez-vous, mam'zelle ? donner vingt sous de ce chat maigre et malpropre qui ne vaut pas la corde pour le pendre ! Et qu'est-ce que vous en ferez ensuite ?

— Ce que j'en ferai ? répondit Adèle, mais je le porterai à la maison et j'en aurai bien soin, je le rendrai bien heureux.

— Et votre maman, mam'zelle ? Savoir si elle sera bien contente de vous voir arriver avec votre chat !

— Oui, assura Adèle, maman sera bien contente quand elle saura que j'ai sauvé la vie à ce pauvre minet. Maman est très bonne ; elle aime beaucoup les bêtes.

— Et vous, interrompit la bonne, vous aimez mieux les bêtes que les pralines ? Je croyais pourtant que vous n'aimiez rien tant que les bonbons ? »

Adèle resta un moment indécise ; son imagination lui représentait si vivement ces belles pralines roses, dont le goût de sucre brûlé et d'amande rôtie lui plaisait tant, qu'elle poussa un profond soupir et qu'elle demanda aux petits polissons s'ils ne voudraient pas se contenter de cinquante centimes, parce qu'elle voudrait bien acheter des bonbons, qu'elle aimait beaucoup.

Mais les gamins, qui se seraient joyeusement contentés de deux sous, si Adèle ne leur avait montré sa pièce blanche, ne voulurent pas céder le chat à moins d'avoir en échange la pièce tout entière ; et Adèle, malgré les reproches de sa bonne et les excitations de sa gourmandise, se décida à troquer les pralines roses contre le petit chat blanc.

Les gamins s'envolèrent en poussant des cris de joie et en faisant des pieds de nez à la généreuse fillette, qui avait enveloppé la pauvre

bête dans son mouchoir de poche et la serrait tendrement contre elle.
Le petit minet se blottissait entre ses bras compatissants avec un air de
confiance et de béatitude qui attendrissait Adèle ; il avait une petite
mine si heureuse, si reconnaissante ; il regardait sa libératrice avec

Il avait une petite mine si heureuse...

une telle expression de tendresse et de sécurité, que celle-ci jura, en
le pressant contre son cœur, qu'elle le protégerait désormais envers et
contre tous.

En arrivant à la maison, Adèle courut à la chambre de sa mère.

« Oh ! maman, regardez le pauvre petit chat ! Je lui ai sauvé la vie, maman; je l'ai acheté à de méchants garçons qui le torturaient et qui voulaient l'écorcher tout vif; oui, maman, ils l'ont dit. J'ai bien fait, n'est-ce pas, maman, de l'acheter? Vous n'êtes pas fâchée, maman, que je vous amène ce pauvre petit pensionnaire? Je ne pouvais pas le laisser à ses bourreaux, n'est-il pas vrai, maman? »

La mère d'Adèle regarda en souriant la misérable bestiole.

« Il n'est pas beau, ton protégé, dit-elle, et j'ai bien peur, ma chère enfant, qu'il ne soit très mal élevé et que Jeannette n'ait à s'en plaindre.

— Mais je ferai son éducation, maman! s'écria Adèle; je suis sûre qu'il est très intelligent. Regardez s'il n'a pas une physionomie expressive. On croirait qu'il comprend tout ce que nous disons.

— Eh bien, madame, dit Jeannette en mettant les poings sur les hanches et en branlant la tête, pourriez-vous croire que mam'zelle Adèle a donné ses vingt sous pour avoir cette petite horreur? Je vous demande un peu si un quart de ces bonnes pralines roses qu'elle aime tant ne lui aurait pas donné plus d'agrément.

— Bah! dit Adèle, en soupirant un peu au souvenir de ces douceurs sacrifiées, les pralines auraient été mangées demain, tandis que j'aurai toujours mon chat... Et si je l'appelais Praline? Dites, maman, est-ce que ce n'est pas un joli nom?

— Très joli, mignonne!

— Eh bien! c'est décidé, s'écria Adèle, il s'appellera *Praline*; tu entends, Minet! *Praline* est ton nom; fais bien attention de répondre toutes les fois que je t'appellerai ainsi.

— Mi-a-ou! dit le chat.

— Oh ! maman, dit Adèle transportée de joie, il m'a comprise ; il me dit *oui*. »

Elle caressa la petite bête, lui fit donner du lait chaud, qu'elle but avec avidité (elle n'avait sans doute rien mangé depuis longtemps), puis la coucha dans une petite corbeille et la recouvrit avec la plus belle couverture de sa poupée.

Accablée de fatigue et brisée par toutes les émotions terribles et douces qu'elle avait ressenties, Praline ne tarda pas à s'endormir d'un profond sommeil, sous la protection de sa petite maîtresse.

Huit jours ne s'étaient pas écoulés depuis l'adoption de Praline par Adèle, que la petite chatte émerveillait tout le monde par sa beauté, sa gentillesse, sa grâce et sa douceur.

Son poil était devenu lustré comme de la soie ; ses yeux, dont l'un était vert comme l'émeraude et l'autre bleu comme l'azur, pétillaient d'intelligence et de lutinerie ; son petit museau ressemblait à une rose, et tous ses mouvements étaient si souples, si élégants, si pleins de grâce, que c'était un vrai plaisir de la regarder.

On peut penser si Adèle était fière de son élève ! Praline lui avait bien inspiré quelques craintes dans les commencements : en voyant avec quelle facilité elle s'emparait de tout ce qui lui tombait sous la patte, Adèle avait eu bien peur que Praline ne fût née voleuse ; mais elle s'aperçut bientôt que ce n'était pas une inclination vicieuse qui la faisait agir ainsi ; c'était plutôt enfantillage, simplicité, naïve ignorance du dogme de la propriété : Praline ne connaissait pas encore la différence qu'il y a entre le mien et le tien, entre les casseroles de Jeannette et sa propre assiette.

Deux ou trois petites gronderies, accompagnées de quelques tapes, lui eurent bientôt inculqué une probité à toute épreuve, et Jeannette put la laisser seule à la cuisine sans craindre le moindre larcin.

Plût au Ciel que l'éducation des enfants fût aussi facile à faire que celle de Praline !

Mais la qualité dominante de la petite chatte semblait être la reconnaissance.

On aurait dit qu'elle comprenait réellement à quel point elle était redevable à la bonne Adèle et quel sort affreux eût été son partage sans la bienfaisante intervention de la petite fille. La place favorite de Praline était sur les genoux de sa chère maîtresse; jamais elle ne se décidait à manger la moindre chose avant d'avoir remercié Adèle. Par exemple, si l'enfant lui donnait du lait, Praline allait d'abord le flairer, puis, ravie du parfum délicieux qui s'exhalait de sa petite assiette, son honnête cœur de chat sentait le besoin d'exprimer combien il était touché des soins qu'on lui prodiguait. Elle allait alors, à la mode féline, se frotter contre Adèle, et lui miaulait ses remerciements d'un ton bien tendre, bien doux ; puis elle allait de nouveau flairer son assiette et revenait ronronner et câliner sa maîtresse chérie.

« Allons, Praline, assez de révérences et de mercis. Je sais que tu es très polie et très reconnaissante ; maintenant mange et bois en paix. »

Praline, docile, allait faire son petit repas avec un air si mignon, si coquet, si distingué, qu'elle était vraiment à croquer.

Et quand elle avait fini, elle n'oubliait jamais de se laver soigneusement le museau et les pattes, car elle était d'une propreté exquise. Puis, sa toilette terminée, elle sautait sur les genoux d'Adèle, lui léchait les mains, lui disait dans son langage mille choses tendres et aimables ; ensuite elle la regardait d'un air espiègle que la petite fille comprenait bien.

« Tu veux jouer, Praline, n'est-ce pas ? »

Et la petite chatte sautait à terre, mettait son dos tout de travers, allongeait la tête, se grossissait la queue et faisait de petites mines si drôles, si comiques, qu'Adèle éclatait de rire.

Alors commençaient, entre la petite fille et la petite chatte, de grandes parties de jeu. Adèle jetait un bouchon à Praline, et celle-ci courait après comme une petite folle ; elle le rattrapait, le faisait rouler, le faisait sauter et le rapportait à sa maîtresse, qui le lui jetait de nouveau. Cet amusement durait jusqu'à ce que Praline fût lasse de courir, de sauter, de bondir, et Adèle de jeter le bouchon et de rire. Souvent aussi les deux amies jouaient à cache-cache dans le jardin. Praline avait vite compris ce joli jeu : Adèle se cachait, et alors Praline la cherchait derrière les arbres, derrière les buissons ; et quand elle l'avait trouvée, elle faisait de tels bonds de triomphe qu'on l'aurait prise pour une chatte en caoutchouc. Ensuite elle partait comme une flèche pour se cacher à son tour ; et elle se cachait si bien, que jamais Adèle ne parvenait à la découvrir.

Fatiguée de la chercher dans les touffes d'herbes, derrière les tas de pierres ou sur quelque branche d'arbre, la petite fille criait :

« Allons, Praline, montre-toi ! Je ne peux pas te trouver, c'est impossible : viens. »

Et tout à coup on voyait Praline qui débouchait dans une allée,
avec la queue en panache et les yeux rayonnants.

« D'où viens-tu ? où étais-tu ? dis-le-moi, Praline ! » lui demandait
alors Adèle.

Mais Praline ne voulait jamais le dire. Quand elles avaient assez
de cache-cache, elles s'asseyaient toutes deux sur l'herbe pour se
reposer ; alors Praline regardait sa maîtresse si longtemps et avec une
telle fixité, que celle-ci lui demandait :

« A quoi penses-tu donc, Praline ?

— Mi-a-ou ! » répondait tendrement la petite chatte.

Mais Adèle n'en était pas plus avancée, parce qu'elle ne comprenait
pas encore bien le langage des chats, et ça la rendait triste de ne pas
savoir tout ce qui se passait dans la tête et dans le cœur de sa gentille
favorite.

Elle en raffolait tellement qu'elle négligea tout à fait ses poupées pour
elle. Elle trouvait infiniment plus de plaisir à jouer avec une créature
vivante qui la comprenait, qui l'aimait, qui la caressait, qu'avec une enfant de carton ou de cire qui restait insensible, inanimée entre ses bras.

Cependant, comme toutes les petites filles aiment à jouer à la
maman, Adèle dit à Praline : « Tu seras mon enfant, mon bébé. » Et
tous les soirs elle couchait le petit minet dans le lit de sa poupée Merveille, et c'était vraiment amusant et touchant de voir la patience et
la douceur avec lesquelles la jolie petite bête, si vive, si remuante, se
pliait aux caprices d'Adèle.

Ainsi Praline s'étendait complaisamment dans le berceau ; elle se laissait poser la tête sur le petit oreiller, allongeait ses pattes sous la

Souvent les deux amies jouaient à cache-cache.

couverture et restait immobile et les yeux clos. Le sommeil la surprenait dans cette attitude, et elle était alors vraiment à peindre, dans son nid de dentelle et de soie.

Bientôt Adèle en vint à lui mettre une camisole, à la coiffer d'un joli petit bonnet de nuit, à la traiter enfin comme une véritable poupée, et jamais poupée ne donna plus de satisfaction à sa petite maman que Praline n'en donna à la sienne.

Adèle était bien récompensée du petit sacrifice qu'elle avait fait en renonçant à ses pralines pour acheter le petit chat ! Plusieurs sacs de bonbons ne lui auraient jamais donné autant de plaisir qu'elle en recevait de sa petite protégée, sans compter la joie de se dire tous les jours qu'elle faisait le bonheur d'une créature du bon Dieu. Peut-il y avoir sur la terre une plus grande douceur que de se sentir utile à quelqu'un, ne serait-ce qu'à un pauvre animal?

Cependant, il ne faudrait pas croire qu'Adèle passât son temps à s'amuser. Oh! non ! Elle était trop bien élevée par sa maman pour consacrer toutes ses journées au jeu.

Adèle avait sept ans : c'est l'âge de raison; aussi elle travaillait et étudiait comme une petite personne très raisonnable.

Elle avait des heures déterminées pour l'étude, et d'autres pour les récréations.

Elle se levait à sept heures. Praline l'avait bien vite remarqué, et on ne sait comment cela se faisait, mais à sept heures précises la petite chatte était à la porte de la petite fille et miaulait jusqu'à ce qu'on lui eût ouvert.

Alors, d'un bond, elle s'élançait sur le lit d'Adèle ; avec un ronron joyeux, elle se frottait contre elle, elle lui léchait les mains, le cou : car Praline léchait comme un chien, et elle avait l'air si content, si heureux, de revoir sa maîtresse chérie après cette longue séparation d'une nuit, que Jeannette elle-même en était tout attendrie.

Naturellement Adèle lui rendait ses caresses.

« As-tu bien dormi, Praline ?

— Mi-a-ou ! répondait la petite chatte.

— Eh bien, et moi aussi. A présent, laisse-moi m'habiller. Ce n'est pas encore l'heure de jouer. »

Elle couchait le petit minet dans le lit de sa poupée.

Et quand Adèle avait fini sa toilette, elle faisait sa prière.

Elle avait près de son lit un joli prie-Dieu que sa maman lui avait brodé, et au-dessus, suspendu au mur, on voyait un beau crucifix d'ivoire, une image de la sainte Vierge et une de l'Ange gardien, puis un bénitier autour duquel était enroulée la branche de buis bénite le jour des Rameaux.

« Écoute, Praline, disait Adèle, pendant que je vais faire ma prière, tiens-toi bien tranquille. Sois sérieuse, ne me donne pas de distractions. »

Et Praline, comme si elle eût compris, s'accroupissait sur le dossier du lit et fermait à demi les yeux, dans une attitude pleine de recueillement et de componction.

Adèle ne manquait jamais, à la fin de sa prière, après avoir recommandé au bon Dieu tous ceux qu'elle aimait, de lui demander une petite bénédiction pour sa chère Praline. Cela scandalisait Jeannette.

« Y pensez-vous, mam'zelle, de prier le bon Dieu pour un chat ? Je crois que vous faites là un gros péché !

— Et moi, je ne crois pas, répondait Adèle.

« Le bon Dieu aime et protège toutes ses créatures, et il y a dans l'Évangile de jolies choses sur les lis des champs et les oiseaux du ciel. Je suis bien sûre que lorsque l'enfant Jésus était dans sa petite maison de Nazareth, il avait aussi un chat, lui ! Et pourquoi alors n'aimerait-il pas le mien, qui est si gentil, si mignon ? »

Jeannette levait les épaules en s'écriant :

« Cette petite est folle de son chat ! »

Après la prière, Adèle faisait son premier déjeuner. Elle mettait Praline à côté d'elle sur la chaise haute qui lui avait servi quand elle était bébé, versait un peu de lait dans une tasse de son ménage et le faisait boire à la chatte ; puis, le déjeuner fini, elle s'asseyait devant son bureau, étudiait ses leçons et écrivait les devoirs que sa maman lui avait donnés la veille.

Ordinairement Adèle travaillait une heure ; puis elle avait une petite récréation de quelques minutes. Elle se remettait à l'étude, et

Praline se tenait bien tranquille, sur la table, pour ne pas troubler sa petite maîtresse.

De temps en temps, cependant, elle ne pouvait s'empêcher de donner un petit coup de patte à la plume d'Adèle. Adèle riait un peu, et elle disait :

« Ah ! Praline, sois sage ! Si tu me fais rire, si tu me donnes des distractions, je t'enverrai à la cuisine, et tu sais qu'avec Jeannette on ne badine pas ! »

Cette menace avait l'air de faire une grande impression sur la petite chatte, car immédiatement elle prenait une physionomie sérieuse et fermait les yeux à demi, comme si elle se fût plongée dans de profondes méditations.

Quand Adèle avait fini sa tâche, elle voulait faire travailler Praline à son tour.

Elle avait entendu dire qu'il y avait des chiens savants, et elle espérait qu'elle pourrait apprendre aussi à lire à Praline.

La petite fille avait une boîte renfermant toutes les lettres de l'alphabet sur de petits morceaux de carton; elle les faisait passer successivement sous le museau de Praline, en lui disant :

« Ça, c'est un A; ça, c'est un B. Montre-moi l'A avec ta patte ! »

Quelquefois Praline le montrait; mais c'était par hasard, et la vérité est que jamais elle ne fut capable de distinguer un A d'un B.

« Mais, puisque les chiens l'apprennent, tu peux bien l'apprendre, toi ! s'écriait Adèle. Maman m'a raconté qu'elle avait vu un chien qui écrivait tous les mots qu'on lui dictait. Si, par exemple, on lui disait : « Écris le mot *ami,* » le chien cherchait dans le tas des lettres un *a,* un *m*, un *i*, et les plaçait à côté les uns des autres dans l'ordre qu'il fallait. Tu as donc moins d'esprit qu'un chien, toi? J'en aurais honte, à ta place ! »

Mais Praline n'avait pas d'amour-propre et ne se sentait pas du tout honteuse de son ignorance.

Avec sa patte, elle faisait sauter en l'air toutes les lettres, depuis l'*a* jusqu'au *z*, et Adèle ne pouvait s'empêcher de rire aux éclats, tout en lui disant :

« Ah ! Praline, tu ne fais pas honneur à mes leçons; ça n'est pas bien, ça ! »

Si la petite chatte ne montrait aucune ouverture d'esprit pour l'art de la lecture, elle témoignait beaucoup plus de dispositions pour la musique. Elle jouait déjà très bien sur le piano : *Ah! vous dirai-je, maman!* et *Au clair de la lune.* Il est vrai qu'Adèle lui conduisait les pattes; mais la petite fille était persuadée que Praline finirait par jouer toute seule. En attendant, le piano agaçait la pauvre minette, qui miaulait d'un ton lamentable; mais Adèle s'imaginait qu'elle essayait de chanter en s'accompagnant, et elle lui disait :

« Tu n'as pas la voix bien juste, ma pauvre Praline : tu n'attrapes pas vite les airs; mais ne te décourage pas; ça viendra, va! »

La leçon de piano finie, c'était la récréation du chat.

« Allons, va chercher ton bouchon! »

Minette comprenait; elle s'élançait comme une petite folle et allait prendre le bouchon dans la cachette où elle avait toujours soin de le déposer.

Elle l'apportait sur les genoux de sa petite maîtresse et elle atten-

dait, la queue en l'air, en faisant toutes sortes de petites mines ré-
jouissantes, qu'Adèle le jetât à l'autre bout de la chambre, où elle
courait le chercher; elle le faisait rouler, elle le faisait sauter, puis
elle le rapportait, et le jeu recommençait.

Ainsi s'écoulaient les journées. Si Praline partageait les amuse-

« Ça, c'est un A. »

ments d'Adèle, elle prenait aussi part à ses tristesses. Adèle pleurait
quelquefois : tantôt elle n'avait pas bien su sa leçon, et sa maman
l'avait ou grondée ou punie; tantôt il lui semblait que ses devoirs
étaient trop difficiles, qu'elle n'en viendrait jamais à bout, et les larmes jaillissaient de ses yeux. Il fallait alors voir Praline, tout émue,
tout inquiète de la figure attristée de sa petite maîtresse. Elle en
approchait son petit museau, la flairait à plusieurs reprises, puis, de
sa petite patte de velours, elle essuyait les larmes qui roulaient

comme des perles sur les joues rondes d'Adèle, en miaulant d'un son de voix si doux, si tendre, si sympathique, qu'on comprenait très bien le sentiment que voulaient exprimer ces miàulements. Cela voulait dire :

« Ma petite maîtresse chérie, tu as du chagrin, tu as de la peine : raconte-les à ta fidèle Praline; elle t'aime tant, qu'elle voudrait prendre sur elle tous tes ennuis, pour t'en délivrer. »

Voilà comment Adèle traduisait le langage du chat, et ses caresses, et l'expression affectueuse de son regard, et elle ne se trompait pas!

Mais c'étaient des nuages facilement dissipés que ceux qui obscurcissaient parfois la physionomie si riante de la petite Adèle.

Les larmes qu'elle répandait étaient comme ces pluies d'avril qui tombent entre deux rayons de soleil : elles étaient bientôt séchées, et le sourire venait de nouveau illuminer le visage de l'enfant. Alors Praline ne se sentait pas de joie; jamais acrobate n'aurait pu faire les sauts prodigieux, les culbutes folles qu'elle exécutait pour achever d'égayer sa petite maîtresse et lui faire oublier ses légers chagrins.

On croirait, en lisant cette histoire, que Praline était une petite chatte parfaite, sans le moindre défaut. Hélas! elle en avait un, un bien vilain : elle était jalouse! Jalouse de tout : des enfants qui venaient voir Adèle, et jalouse surtout des bêtes que la petite fille caressait. Cette jalousie la poussa même à un acte de méchanceté dont jamais on ne l'aurait crue capable.

L'oncle d'Adèle avait amené avec lui son chien Japet, qui était dans son genre aussi joli, aussi aimable, aussi bijou, que Praline dans le sien. Ce petit chien, en entrant, fit mille caresses à Adèle, comme c'est en général l'habitude des chiens, qui sont des animaux très expansifs, très sociables. Naturellement, Adèle lui rendit toutes ses politesses. Elle caressa son dos frisé, elle baisa même son front ouvert et intelligent. Ce fut ce baiser qui exaspéra Praline. Dès l'entrée du chien, elle avait témoigné une mauvaise humeur incroyable, se retirant dans un coin, hérissant son poil, faisant le gros dos et ne se gênant pas pour témoigner au pauvre petit visiteur si gracieux, si aimable, la plus franche, la plus violente antipathie.

Elle, d'habitude si douce, si polie, si parfaitement élevée, jurait, dans son langage de chat, comme un charretier jure dans le sien.

Qui peut savoir toutes les injures qu'elle sifflait, à travers ses moustaches, à l'adresse du pauvre toutou !

En vain celui-ci faisait tout son possible pour convaincre M<sup>lle</sup> Praline qu'il était animé des intentions les plus bienveillantes, et qu'il ne demandait pas mieux que d'échanger avec elle une bonne poignée de patte. Rien ne pouvait apaiser la colère de la chatte. Plus le chien redoublait de prévenances, de gentillesses, de politesses, plus la chatte hérissait son poil, faisait de gros yeux et redoublait ses jurons. Elle lui cracha même plusieurs fois au nez, ce qui est le comble de l'insulte et de la mauvaise éducation.

Adèle était bien honteuse de la conduite de Praline. Elle voulut lui adresser quelques observations sur l'inconvenance de ses procédés, et elle se baissa pour la prendre dans ses bras, afin d'adoucir par cette caresse ce que ces reproches pourraient avoir de trop amer.

C'est alors que Praline, hors d'elle-même, ne sachant plus ce qu'elle faisait, parce que la jalousie est comme une espèce de folie, sauta au visage d'Adèle et lui mordit les lèvres, ces lèvres qui avaient baisé le chien !

Puis, profitant de la stupéfaction où tout le monde était plongé, elle s'enfuit comme une flèche et s'enfonça dans les allées du jardin.

Adèle éclata en sanglots : non que Praline lui eût fait beaucoup de mal, car elle ne l'avait pas mordue bien fort ; mais ce qui lui déchirait le cœur, c'était la pensée que sa petite chérie était ingrate et fausse.

« Me mordre ! disait-elle, moi, sa libératrice, sa meilleure amie !... Les chats sont donc vraiment traîtres ! Jeannette a donc raison : on ne peut pas se fier à eux ! Ah ! comme ça me fait du chagrin d'avoir été trompée ainsi ! Praline avait si bien l'air de m'aimer ! J'étais si sûre d'elle ! Maintenant, je ne pourrai plus croire à aucune bête, puisque j'ai été trompée par celle que je regardais comme la meilleure de toutes ! »

La bonne, qui était accourue au cri poussé par Adèle, ne se sentait pas d'aise en apprenant la mauvaise action du petit chat.

« Là ! dit-elle, que vous avais-je prédit, mam'zelle ? Vous avais-je pas prévenue que c'est une mauvaise race ? Voyez-vous, je m'attendais toujours à quelque catastrophe. Je me disais : « Ça ne durera « pas ! Une chatte si douce, si affectueuse, si docile, ça n'est pas « naturel ; elle doit machiner quelque noirceur ! » Vous voyez que je ne m'étais pas trompée ! Et encore nous pouvons rendre grâce à Dieu qu'elle ait manqué son coup, car, soyez-en bien sûre, elle voulait vous étrangler ; — seulement, elle n'a pas su s'y prendre, la coquine !

« Eh ! va donc, bête du diable ! animal de perdition ! va donc te faire pendre ailleurs, scélérate ! »

Ces malédictions de Jeannette, loin d'apaiser le chagrin de la pauvre Adèle, le redoublaient. Entendre parler ainsi de sa petite bien-aimée, qui avait mangé dans sa main et tant de fois dormi sur ses genoux, lui déchirait le cœur.

Avait-elle donc donné son affection à une indigne créature ? C'était une rude épreuve pour la pauvre petite fille : car il y a peu de peines plus grandes que celle que l'on éprouve en s'apercevant que l'on a mal placé ses affections, et que l'ami que l'on chérissait pour ses bonnes qualités ne mérite pas notre estime.

L'oncle, voyant le grand chagrin de sa nièce, voulut la consoler.

« Non, dit-il, M<sup>lle</sup> Praline n'est ni fausse, ni ingrate, ni perverse ; mais elle est jalouse comme une tigresse. Elle a pensé que tu aimais Japet autant qu'elle, plus peut-être, et cette pensée l'a rendue folle.

— Oh ! mon oncle, croyez-vous ?

— Sans doute. Si elle ne t'avait pas tant aimée, elle ne t'aurait pas mordue. Elle veut toutes les caresses pour elle seule ; elle ne peut supporter que tu en donnes la moindre partie à d'autres qu'à elle, et, plutôt que de se résigner au partage, elle préfère s'enfuir.

— Ah ! si c'est pour ça ! s'écria Adèle en essuyant ses larmes, je ne lui en veux plus ; je lui pardonne. Qu'elle est bête, cette Praline, de croire que je peux autant aimer le chien que je l'aime, elle ! Certainement il est très gentil, ce petit toutou ; mais je ne lui ai pas sauvé la vie, à lui ! je ne l'ai pas acheté de mon argent ! je ne l'ai pas nourri, dorloté, soigné comme un enfant !

« O Praline ! petite nigaude ! Comment as-tu pu te fourrer dans la tête une idée si ridicule ? »

Et Adèle s'élança dans le jardin, parcourant les allées et criant de toutes ses forces :

« Praline, Praline, reviens : je te pardonne. Allons, viens vite faire la paix, petite bête !

« Je t'aime mieux que le chien, va, sois tranquille. Je t'aime mieux que tous les chiens et que toutes les autres bêtes, na ! es-tu contente ? Allons, viens vite, ne boude pas : c'est trop laid ! »

Mais Adèle avait beau appeler de sa voix la plus douce, prodiguer les plus tendres appellations et les plus sincères assurances de prédilection, Praline ne répondait ni ne se montrait. L'oncle disait, en riant, qu'elle était allée se noyer de désespoir, et Adèle en avait grand'peur.

Le reste de la journée fut d'une tristesse mortelle.

La petite fille n'avait plus goût à rien ; la maison lui semblait déserte, maintenant que Praline ne l'animait plus de sa gaieté, de ses ébats joyeux.

« Oh ! maman, disait-elle à sa mère, croyez-vous que Minette ne reviendra plus ?

— Je pense que si, répondait la maman. Mlle Praline boude : c'est encore un vilain trait de caractère. — Jalouse et boudeuse, voilà deux grands défauts. Si tu veux m'en croire, pour la punir et la corriger, il faut faire semblant de ne plus t'occuper d'elle : tu verras qu'elle fera elle-même les avances.

— Vous croyez donc, maman, qu'elle n'est pas très loin? demandait Adèle.

— Je le crois, et je pense qu'elle observe tout ce qui se passe dans la maison. Ne l'appelle plus, prends un air indifférent, et tu verras qu'elle reviendra. »

Adèle suivit le conseil de sa mère. Quoique son cœur fût navré de l'absence de sa petite compagne, elle dissimula son chagrin, et Praline, cachée dans un coin du jardin, put voir sa maîtresse aller et venir d'un air insouciant, paraissant avoir complètement oublié la fugitive.

Elle devait en enrager; néanmoins, elle tint bon pendant quelques jours. De quoi vécut-elle? On n'en sait rien, et elle dut plus d'une fois regretter les bons petits dîners que lui servait Adèle dans les assiettes dorées de son petit ménage.

Trois jours après la fuite de Praline, l'oncle apporta à Adèle un ravissant petit chien, couleur café au lait; il n'était guère plus gros que la chatte, et gentil, mignon au possible.

« Tiens, ma chère petite, dit ce bon oncle, voilà un camarade qui remplacera avantageusement ta M^{lle} Praline. Le chien est moins nerveux, moins impressionnable, moins susceptible que le chat, et ce chien-ci, en particulier, vaut son pesant d'or.

« Regarde quelle jolie robe, et quelle tournure distinguée, et quel regard parlant! Allons! souhaite-lui un peu la bienvenue, à ce pauvre Froufrou. »

Adèle fit bon accueil au joli petit chien, mais son cœur était avec Praline, et pour sa petite chatte blanche elle eût donné cinquante chiens café au lait.

Cependant la fugitive, la jalouse, la boudeuse, ne tarda pas à s'apercevoir que sa place était prise au foyer domestique, et elle dut être bien punie de sa jalousie.

On ne connut jamais toutes les pensées de regret, de tristesse, de désespoir, qui traversèrent son petit cerveau, quand elle vit un nouvel hôte occuper l'attention des habitants du logis. Mais elle dut faire un sérieux retour sur elle-même et s'avouer qu'elle avait commis, non seulement une grande faute, mais une énorme bêtise, et que, si elle ne se hâtait de témoigner son repentir, de demander pardon, de s'humilier, les conséquences en pourraient être des plus graves pour elle.

Sans asile, sans protection, sans amis, qu'allait-elle devenir? L'hiver approchait; et si elle pouvait encore, sans trop souffrir, passer la nuit à la belle étoile, sur un lit de mousse ou de feuilles mortes, comment s'abriterait-elle quand les pluies, la neige, toutes les horreurs du froid, auraient rendu impossible le séjour du jardin? C'est alors qu'elle regretterait son petit lit chaud et douillet, et les tapis moelleux, et les genoux hospitaliers de sa petite maîtresse! Praline fit-elle toutes ces réflexions ou céda-t-elle à un besoin impérieux d'affection et de repentir? On l'ignore. Toujours est-il qu'un beau matin Adèle, éperdue de joie, vit arriver Praline amaigrie, mélancolique, ayant dans toute son allure quelque chose de triste et de languissant.

Elle s'approcha de sa maîtresse en rampant et avec un petit miaulement qui ressemblait à une prière. Adèle, qui s'était bien promis de
faire sentir à la coupable, lorsqu'elle reviendrait, par un accueil froid
et sévère, combien elle avait été offensée de sa vilaine conduite, n'eut
pas le courage de tenir rigueur à la pauvre Praline, quand elle lui
vit l'air si malheureux et si repentant. Elle se pencha vers elle et la
prit dans ses bras :

« Ah ! Praline, lui dit-elle d'un ton affligé, mais doux et affectueux,
que de chagrin tu m'as fait, petite méchante ! Cependant, puisque tu es
revenue, puisque tu te repens, je te pardonne ; ne recommence plus ! »

Praline ne pouvait croire à tant d'indulgence et de bonté ; elle
s'était attendue à recevoir une verte semonce, quelques bonnes
tapes, à être envoyée ignominieusement à la cuisine, où Jeannette
l'aurait peut-être accueillie à coups de manche à balai, et voilà que
sa bonne, douce, tendre petite maîtresse n'avait que des caresses à
lui donner !

Le cœur de Praline se fondait de repentir et de reconnaissance.
Ah ! jamais, jamais plus elle ne causerait le plus léger mécontente-
ment à une si excellente maîtresse. S'il s'élevait encore en elle des
pensées, des mouvements de jalousie, elle les cacherait, elle y résis-
terait, et personne ne s'apercevrait de ses souffrances intérieures. Elle
léchait tendrement les mains d'Adèle en faisant son petit ronron, non
pas ce ronron joyeux et sonore des jours d'innocence et de paix,
mais plutôt une espèce de murmure discret et timide, assez seulement
pour montrer à Adèle qu'elle sentait profondément tout le prix de la
grande bonté qu'on lui témoignait.

La fillette, remarquant que sa petite chatte tremblait de froid et peut-être de faim, lui fit donner un peu de lait chaud ; mais Praline y trempa à peine son petit museau pâle. On aurait dit qu'elle voulait montrer que ce n'était pas l'intérêt, la faim, qui l'avait ramenée au bercail, comme le prétendait Jeannette, mais une impulsion du cœur, un bon mouvement de repentir.

Praline fit encore quelques caresses à sa maîtresse, puis, d'un air mélancolique, elle se retira dans un coin de la chambre, où elle resta à rêver tristement.

Ce qui entretenait sa mélancolie, c'était la présence de Froufrou, qu'elle trouvait installé au logis, non comme un visiteur, mais comme un ami à demeure, comme un hôte du foyer, presque comme un membre de la famille.

Comment allait-elle se conduire avec ce nouveau commensal ? Adèle n'était pas sans inquiétude à ce sujet.

Mais Froufrou, comme s'il eût compris la situation, au lieu d'abuser de sa position, de prendre des airs de matamore, de favori, montra les manières les plus douces, les plus modestes, les plus engageantes du monde. Il frétillait, il remuait la queue, il faisait mille agaceries de bon goût à Praline : il avait l'air de lui dire :

« Que je suis heureux, mademoiselle, de faire votre connaissance ! J'espère que nous serons bons amis, je ferai tout mon possible pour vous être agréable. Veuillez me regarder comme le plus dévoué de tous vos serviteurs. »

Praline l'écoutait et le regardait d'un air morne. Elle n'eut pas le courage de lui faire un petit semblant de politesse ; mais elle ne lui dit point d'injures, ne lui cracha pas au museau, ne lui donna point de coups de griffes, — et le bon petit Froufrou n'en demandait pas davantage, pour le moment, ni Adèle non plus.

Peu à peu, la vie reprit son cours accoutumé. Praline, avec cette facilité d'oubli commune aux bêtes et aux enfants, ne songea bientôt

Elle reprit ses leçons de lecture et de piano.

plus à son équipée. De jour en jour, on lui vit perdre ses allures de pécheresse repentante, et elle ne tarda pas à redevenir le petit chat le plus gai, le plus drôle, le plus folichon qui pût se voir. Elle reprit ses leçons de lecture et de piano, en s'appliquant de son mieux, mais sans pourtant faire de grands progrès.

Elle avait fini par s'habituer à la figure de Froufrou et ne tressaillait plus de répulsion à son approche. Même elle se familiarisa quelque peu avec lui et, de temps en temps, ne dédaigna pas de se mêler à ses jeux ou de l'admettre aux siens; mais c'était toujours avec un grand air de hauteur et de supériorité qu'elle traitait l'aimable et modeste Froufrou, qui, en sa présence, prenait des airs de courtisan devant sa reine.

Adèle, par égard pour la vilaine jalousie de Praline, n'osait pas trop caresser Froufrou devant elle. Une ou deux fois elle s'était laissée aller, entraînée par la gentillesse du petit chien, à le prendre dans ses bras et à le flatter affectueusement. Mais aussitôt elle avait vu s'allumer une telle flamme dans les yeux verts de Praline, qu'elle s'était hâtée de poser à terre le pauvre Froufrou, et de prendre en le regardant un air indifférent et froid.

Sans doute elle n'aurait pas dû ménager ainsi le vice de Praline; mais Adèle aimait tellement sa petite chatte, et, il faut bien le dire, se trouvait si flattée du prix que Praline mettait à son affection, qu'elle ménageait sa susceptibilité beaucoup plus qu'elle n'aurait dû le faire. Ce n'est pas joli d'être jaloux; il faut avoir le cœur large et généreux.

Environ deux ou trois mois après l'escapade de Praline, Adèle fut bien surprise, un beau matin, quand elle vit sa petite favorite entrer dans sa chambre à l'heure habituelle, en tenant dans sa gueule quelque chose qu'elle déposa sur le lit, où elle avait sauté, selon sa coutume.

« Oh! qu'est-ce que c'est? cria Adèle. Praline qui a pris une souris et qui me l'apporte sur mon lit. Oh! la méchante! Oh! la vilaine! Je ne veux pas que tu manges des souris, moi! Je ne t'ai pas prise pour cela! Il ne manquerait plus que tu devinsses cruelle et sanguinaire!

« Maman! Jeannette! venez vite, vite, vite! Il y a une souris sur mon lit. »

La maman et Jeannette accoururent; on ouvrit les volets, et quels furent la surprise et le ravissement d'Adèle en voyant que ce qu'elle avait pris pour une souris était un joli petit chat blanc, tout petit, petit, que Praline caressait et léchait avec ardeur, tout en faisant entendre son ronron des plus beaux jours, des jours de fête et de triomphe.

« Oh! maman! Praline qui a un petit!... Et elle me l'a apporté pour me le faire voir. Regardez, comme elle a l'air fière et contente!

« Oui, Praline, oui, mon bijou, il est bien joli, ton fils; il te ressemble tout à fait. Montre-moi ses yeux, que je voie s'ils sont de deux couleurs, comme les tiens!... Oh! maman! quel malheur! le petit de Praline qui est aveugle!...

— Mais non, dit la maman, il n'est pas aveugle. Les petits chats n'ouvrent les yeux qu'au bout de huit jours. »

Adèle, rassurée à ce sujet, put se livrer à toute sa joie.

Elle faisait déjà mille projets pour l'éducation du fils de Praline. Elle espérait qu'en le prenant dès le berceau, elle pourrait peut-être lui apprendre à lire; car c'était son ambition de montrer qu'un chat peut avoir autant d'esprit qu'un chien.

Froufrou, voyant qu'on entourait le lit d'Adèle, comprit qu'il s'y passait quelque chose d'extraordinaire, et il se leva sur ses deux pattes de derrière, pour tâcher d'apercevoir ce qui captivait ainsi l'attention générale. Il sauta même sur une chaise et avança son petit museau curieux entre la maman et Jeannette ; mais Praline ne l'eut pas plus tôt aperçu qu'elle devint comme une furie.

Peut-être craignait-elle que le chien ne voulût faire du mal à son cher petit ; son poil se hérissa, tout son dos devint comme une brosse, ses yeux s'allumèrent, et elle commença à lancer quelques-uns de ces jurons qui lui venaient trop naturellement sur les lèvres dans ses moments de fureur.

Elle fut même sur le point, si Adèle ne l'avait retenue, de se jeter sur le pauvre Froufrou, qu'elle menaçait d'une patte d'où sortaient cinq griffes menaçantes.

Le petit chien, qui n'avait aucune mauvaise intention et qui était même tout disposé à se réjouir de la nouvelle dignité de mère de famille dont se trouvait investie la belle et jeune Praline, se recula vivement, et, la queue basse, se retira dans un coin de la chambre, en se demandant avec tristesse ce qu'il faudrait faire pour adoucir le caractère si susceptible et si irritable de M<sup>me</sup> la chatte.

Adèle gronda celle-ci tout doucement, tout maternellement, comme sa maman la grondait elle-même quand elle avait mal fait :

« Pourquoi es-tu si méchante, Praline, pour ce pauvre Froufrou, qui n'a jamais eu que de bons procédés à ton égard ? Quel mal te fait-il en regardant ton petit chat ? Est-ce qu'on ne peut pas le regarder, ce beau monsieur ? Tu sais le proverbe : « Un « chien regarde bien un évêque ! » Et il ne pourrait pas regarder un chat ! »

Praline répondit à Adèle, par de petits miaulements très expressifs et très compréhensibles, que son petit était si délicat, si mignon, et que Froufrou était si étourdi et si brusque dans ses mouvements, qu'il aurait bientôt fait d'écraser la frêle petite créature.

« Mais ne crois donc pas ça, Praline, répondit Adèle, je suis persuadée que Froufrou ne s'en approchera qu'avec les plus grandes précautions et ne le touchera que comme on touche à quelque chose de très fragile et de très précieux. Tu vas voir ! »

Et elle appela :

« Froufrou ! Froufrou ! viens vite, mon petit, viens vite ! »

Le toutou s'avança en remuant la queue, en se tortillant le corps. Il avait l'air de dire : « Je n'ose pas ! j'ai peur de Praline. »

« Praline ne te fera point de mal, dit Adèle, j'en réponds. »

Et elle menaça la chatte de son petit doigt rose.

« Fais attention, Praline ; sois sage, ne bouge pas, ne dis rien à ce pauvre Froufrou : je te le défends ! »

Praline secoua la tête d'un air de mauvaise humeur, mais elle se tint tranquille, les oreilles rejetées en arrière et les yeux flamboyants, pendant que Froufrou, moitié content, moitié tremblant, sautait sur sa chaise, et regardait avec stupéfaction le tout petit minet que Praline tenait entre ses pattes.

Il fallait le voir rire à cette vue ! Il montrait toutes ses dents, ses belles petites dents blanches, et il frétillait et il était content, content ! Et cette joie bienveillante paraissait si bien dans toute sa physionomie, que Praline se rassura et se remit paisiblement à lécher son petit chef-d'œuvre.

« Allons, madame Praline, dit Jeannette, retournez dans votre corbeille, et laissez votre petite maîtresse s'habiller en paix. »

Et ce disant, elle prit le petit chat et la mère et les posa sur la descente de lit.

Il fallait voir alors M^{me} Praline se diriger majestueusement vers sa corbeille, tenant son petit dans sa gueule, suivie de Froufrou, qui aurait bien voulu se rendre utile à quelque chose.

Le pauvre petit minet était d'une santé si chancelante qu'il ne devait pas vivre bien longtemps, et un matin, trois ou quatre jours après sa naissance, il rendit le dernier soupir.

Quand M^{me} Praline s'aperçut que son petit était mort, bien mort, que rien ne pouvait le ranimer, ni de le lécher, ni de le réchauffer, elle tomba dans un profond désespoir, et fit retentir toute la maison de ses cris douloureux.

On accourut :

« Qu'est-ce que c'est, Praline ? Qu'as-tu, Praline ? »

Et Praline, au milieu de la chambre, devant le corps inanimé de son fils, qu'elle avait traîné jusque-là, Praline, dans des miaulements furieux, désespérés, accusa hautement Froufrou de lui avoir tué son enfant, son premier-né, son fils unique. Elle flairait le pauvre petit cadavre, le tournait, le retournait, se lamentait ; et comme le bon Froufrou, attiré par les cris, par le bruit, avait laissé son os pour voir ce qui se passait d'insolite et d'étrange, Praline se jeta sur lui comme une furie, en poussant des cris si rauques, si horribles, qu'on aurait dit qu'ils sortaient de la poitrine d'un tigre, d'une panthère, non de celle d'une mignonne chatte.

Froufrou, éperdu, affolé, hors de lui, appelait au secours ; la chatte

lui avait sauté aux yeux, et Adèle eut bien de la peine à lui faire
lâcher prise.

Le chien ne demanda pas son reste et, la queue entre les jambes,
il s'enfuit, en hurlant de frayeur plus encore que de mal.

Adèle ne voulut pas gronder M^{me} Praline dans un moment
où le désespoir lui avait troublé les idées et fait perdre un peu
la tête.

Elle essaya au contraire de la calmer, de la consoler.

« Pauvre petite Praline, chère petite Praline, c'est un grand
malheur qui t'est arrivé ! Un si joli petit chat ! Quel dommage qu'il
soit mort ! »

Et la petite fille caressait la pauvre mère, tâchant de la consoler à
force de douces paroles et de tendres démonstrations.

« Je m'en vais jeter ce petit chat, dit Jeannette ; quand sa maman
ne le verra plus, elle n'y pensera plus.

— Oh ! non ! s'écria Adèle, il ne faut pas le jeter. Il faut l'enterrer
honorablement. Je vais vous donner une boîte en guise de cercueil, et
vous prierez le jardinier de faire une petite fosse dans un joli coin du
jardin, sous un arbre, afin que les oiseaux puissent venir chanter sur
sa tombe. »

Et pendant que Jeannette emportait le pauvre petit minet, Adèle
tâchait de distraire Praline.

Mais la chatte ne voulait ni manger ni jouer ; elle miaulait
plaintivement ; elle grattait à la porte pour sortir ; elle poussait de petits gémissements tendres et doux pour appeler son
bébé.

Quelques jours se passèrent ainsi dans les regrets, les plaintes, les appels désespérés.

Mais, comme l'a dit notre La Fontaine :

Sur les ailes du temps la tristesse s'envole !

celle de Minette disparut peu à peu. Cependant elle ne retrouva plus jamais sa première gaieté, ses mines bouffonnes, ses tours d'adresse ; toute cette drôlerie du premier âge était ensevelie dans le tombeau du petit minet.

Mᵐᵉ Praline devint une chatte un peu sérieuse, un peu méditative : elle avait abandonné à Froufrou, comme indigne d'elle désormais, le bouchon qui avait tant réjoui son enfance, et elle songea à se créer des distractions plus en rapport avec son âge.

Elle avait toujours eu un grand goût pour la campagne ; elle aimait à grimper aux arbres, à courir dans les allées sinueuses, à se rouler dans les pelouses, à faire la chasse aux papillons, aux sauterelles, aux scarabées.

Mais comme elle avait l'instinct de la propriété très développé, et qu'elle voulait posséder sans partage ce qu'elle aimait, ce qui lui plaisait, elle résolut de se choisir un petit terrain qui serait à elle, où elle serait chez elle et où personne, ni le chien ni la poule, n'oserait mettre les pattes.

Guidée par un attrait instinctif, elle fit choix du petit morceau de terre où était enseveli son petit. Sans savoir pourquoi, elle avait du plaisir à être dans cet endroit.

Elle traça à son jardin des bornes idéales et, désormais, tout le temps qu'elle ne consacrait pas à Adèle, elle le passa dans son petit domaine.

Et c'était un plaisir de voir l'air de béatitude qui se peignait sur sa physionomie quand elle était là, étendue sur l'herbe, humant par tous les pores les chauds rayons du soleil.

Tantôt elle s'occupait de sa toilette, car elle était toujours très propre, fort élégante, et jamais, à son gré, ses poils soyeux n'étaient assez brossés, lissés, lustrés.

Elle passait un temps infini à se faire les ongles, à se laver les pattes, dont la paume était aussi propre, aussi rose, que son petit nez mignon.

Rien n'étonnait plus Froufrou que ces soins quotidiens et de tous les instants que M^{me} Praline prenait de son élégante personne.

Souvent Adèle lui disait :

« Suis donc l'exemple que te donne M^{me} la chatte, mon pauvre Froufrou ! Apprends à te brosser, à te laver comme elle le fait. »

Froufrou riait, remuait la queue, mais il n'en devenait pas plus propre, et c'était Jeannette qui devait le débarbouiller, avec une grosse éponge, dans une terrine pleine d'eau, et le pauvre petit chien redoutait cette opération comme un supplice.

« Maman, dit un jour la petite fille, je voudrais bien planter dans le jardin de Praline des plantes ou des fleurs dont elle aimât le parfum. Vous ne connaissez pas celui que préfèrent les chats?

— Mais si, je le connais, répondit la maman; si tu veux faire un grand plaisir à M^{me} Praline, tu n'as qu'à prier le jardinier de mettre quelques pieds de valériane dans son jardin.

— Vraiment ! Oh bien ! j'y vais tout de suite.

— Ah ! ah ! dit le jardinier lorsque la petite fille lui eut exprimé son désir, vous voulez que j'y mette de l'*herbe aux chats?* Bien volontiers, et je m'en vas vous arranger ça le plus tôt possible. »

Le lendemain, quand Adèle et sa chatte allèrent, suivant leur habitude, faire un petit tour de promenade après leur premier déjeuner, Praline commença à faire des bonds extraordinaires en approchant de son domaine.

Quand elle y pénétra, ce fut une joie, un délire. Elle se roulait sur la valériane, elle poussait des petits cris d'extase.

La petite fille était ravie d'avoir fait un si grand plaisir à sa chatte, qui vint, pour remercier sa maîtresse, se frotter gentiment contre elle, la queue en panache, la joie dans les yeux et le ronron sur les lèvres.

« Amuse-toi bien, ma Praline, dit l'aimable Adèle, mais je t'assure que tu n'as pas bon goût. Ça ne sent pas bon, ta valériane, et je préfère, pour mon compte, la violette ou l'héliotrope. Mais des goûts et des couleurs... »

Elle rentra à la maison pour faire ses devoirs, et M^me Praline s'excusa par un petit miaulement bien doux de ne pas, pour cette fois-ci, accompagner sa maîtresse.

Pendant que Minette s'enivrait des exquises senteurs de la plante adorée, elle vit une dame qui s'avançait vers elle, l'air altier et provoquant. Elle était tout habillée de plumes noires aux reflets d'or, et sur la tête elle portait un coquet petit chaperon rouge qui la coiffait fort à son avantage.

C'était Coqueriquette, la poule familière du logis, que nous aurions déjà dû présenter au lecteur.

Elle était très ancienne dans la maison, et avant l'arrivée de Praline elle accaparait toutes les affections d'Adèle, qui l'avait bien négligée depuis pour sa chatte chérie, trouvant, avec raison, que les bêtes à poil sont plus intelligentes et d'une société plus agréable que les bêtes à plumes.

Dame Coqueriquette, ainsi délaissée, ainsi méprisée, en avait conçu contre la cause de sa disgrâce une violente rancune ; elle s'en plaignait beaucoup et ne la ménageait guère dans ses caquetages avec les poules du voisin ; et chaque fois qu'elle trouvait l'occasion de lui être désagréable, elle s'empressait de la saisir.

Elle avait bien vite remarqué que la chatte s'était installée dans une partie du jardin qu'elle avait l'air de regarder comme sa propriété personnelle.

« Tiens ! se dit Coqueriquette, il est plus à moi qu'à elle, ce morceau de gazon ; longtemps avant qu'elle ne vînt y faire ses embarras, j'avais l'habitude d'aller y picorer et d'y gratter la terre pour y chercher des vermisseaux. Et si je veux y retourner, moi ! qui m'en empêchera ? Je voudrais bien le savoir ! »

Et, d'un pas délibéré, elle s'avança vers le gazon sacré.

M^{me} Praline la regardait avec stupéfaction s'approcher hardiment. Quand elle ne fut plus qu'à quelques pas de sa propriété, elle lui miaula d'un ton aigre-doux :

« Que venez-vous faire ici, madame ?

— Ce que vous y faites vous-même, madame, piaula la poule d'un air pincé.

— Mais je suis dans mon jardin, madame.

— Il est à moi aussi bien et plus qu'à vous, madame.

— Vous dites ?... miaula la chatte d'une voix étranglée par la colère et par l'émotion.

— Je dis, cria la poule en balançant d'un air provocateur son petit chaperon rouge, je dis que ce jardin est plus à moi qu'à vous, parce que, longtemps avant qu'on vous ait achetée pour vous amener ici, quand vous n'étiez encore qu'une mendiante, qu'une chatte vagabonde sans feu ni lieu, à la merci du premier venu, j'étais, moi qui vous parle, moi, Coqueriquette, dame et maîtresse céans. Il n'y a pas un coin de terre, dans cette partie du jardin, où l'on ne me permît de gratter, de fouiller, de la patte et du bec. Je voudrais bien savoir en vertu de quel droit vous m'avez dépossédée de tous mes privilèges? Montrez-moi, je vous prie, le contrat qui vous assure la possession exclusive de ce morceau de gazon !

— Le contrat ! cria M$^{me}$ Praline, dont le nez blêmit de colère, le contrat est au bout de mes griffes, et je vais te le montrer, insolente ! »

Et, poussant un miaulement de fureur, elle se jeta sur dame Coqueriquette, qui avait pénétré dans le cœur du domaine.

Si M$^{me}$ Praline avait des griffes bien aiguisées, dame Coqueriquette possédait un bec des plus acérés. Les deux commères s'escrimèrent donc à qui mieux mieux. Les belles plumes noires de la poule jonchaient déjà le terrain, et les poils soyeux du chat voltigeaient comme des flocons de neige, quand, attirés par les cris des combattantes, Adèle et Froufrou arrivèrent éperdus.

« A moi ! à moi ! criaient chacune des deux ennemies ; à mon secours, cher ami, chère maîtresse ! »

Froufrou, qui était arrivé le premier sur le lieu du combat, ne savait pour quel adversaire prendre fait et cause.

Le contrat est au bout de mes griffes !

Il aimait assez la poule, qui ne prenait pas avec lui des airs si méprisants et si dédaigneux que la chatte, mais il avait peur de celle-ci, et il pensait qu'elle ne lui pardonnerait jamais s'il désertait son parti.

Il allait de Praline à Coqueriquette, jappant, aboyant, les conjurant par ce qu'elles avaient de plus cher au monde, de lâcher prise, de ne pas se prendre aux poils et aux plumes comme des bêtes de la rue. Mais plus il jappait, plus il aboyait, plus il suppliait, et plus les deux ennemies s'escrimaient.

Enfin Adèle arriva.

« Oh ! quelle honte ! s'écria-t-elle en tirant le chat par la queue et repoussant du pied la poule. Oh ! quelle honte de vous battre comme feraient des chats de gouttière et des poules de basse-cour !

« Est-ce donc là le résultat des soins que j'ai pris de votre éducation ? Des gros mots, des coups de bec, des coups de griffes !... Oh ! fi ! fi ! je n'aurais jamais attendu cela de vous ! »

Dame Coqueriquette, toute déplumée, toute défrisée, son petit chaperon rouge un peu déchiré, se retirait assez honteuse, pendant que dame Praline, une grande estafilade sur le museau, et sa peau blanche apparaissant par-ci par-là, sous sa fourrure toute fripée, miaulait à Adèle la cause de leurs débats.

« Elle veut me chasser de chez moi, ma maîtresse ; elle veut s'installer dans ce jardin que vous m'avez donné, parmi ces plantes au parfum si suave dont vous m'avez gratifiée.

— Oh ! dame Coqueriquette ! » dit Adèle d'un ton de reproche.

Mais la poule interrompit aigrement :

« Ah ! je savais bien que vous prendriez le parti de votre chatte ! Vous trouvez qu'elle a toujours raison et les autres toujours tort. Tout le monde est sacrifié à cette belle dame : Froufrou n'est que son domestique, et moi, si je me laissais faire, je ne serais que sa suivante. Mais je me respecte, Dieu merci ! et je saurai me faire respecter.

« Moi qui depuis si longtemps, ajouta-t-elle, vous donne un œuf frais chaque matin, c'est bien mal à vous de me préférer la chatte ! »

Et elle se retira en jetant sur Adèle un regard de reproche et en piaulant à mi-voix mille invectives contre Praline, qui de son côté lui sifflait mille injures.

« Là ! là ! là ! en voilà assez, dit Adèle en prenant Praline dans ses bras pour la calmer et l'apaiser ; tu n'as pas bon caractère, ma pauvre Minette ! Tu es impérieuse, tu es cassante, tu es jalouse... je ne sais vraiment pas pourquoi je t'aime tant !

— Parce que je t'aime, ma petite maîtresse chérie, miaula la chatte en frottant câlinement sa tête contre la joue d'Adèle.

— Oui, je sais bien que tu m'aimes, répondit Adèle en lui rendant ses caresses, mais il faudrait aussi tâcher d'aimer ton prochain, d'être un peu plus accommodante. »

Praline promit en ronronnant qu'elle essayerait, et Adèle lui donna encore un baiser et lui dit :

« Allons, je vais faire mes devoirs ; sois sage, et ne me dérange plus de mon travail : si la poule revient, fais-moi le plaisir de l'accueillir avec politesse. Je ne veux plus de ces querelles, tu m'entends ?

— Mi-a-ou ! fit la chatte en se frottant contre sa maîtresse.

— A la bonne heure ! » dit celle-ci.

Elle déposa Praline au milieu de son domaine et courut vers sa maman, qui l'appelait.

Alors Minette n'eut rien de plus pressé que de se rajuster un peu. Elle était tellement chiffonnée qu'elle se faisait peur. Sa petite langue rugueuse travailla si bien, qu'au bout d'une demi-heure elle avait l'air, tant elle était bien peignée, lissée, rajustée, d'un petit chat joujou qui sort d'une boîte.

Se sentant plus à l'aise, elle jeta un long regard autour d'elle pour voir si elle n'apercevait pas son ennemie. Elle ne la vit pas, mais elle l'entendit qui caquetait, avec les poules ses commères, dans la cour du voisin.

« Jabote tant qu'il te plaira, pensa-t-elle ; je me moque de tes cancans ! »

Et elle s'étendit voluptueusement sur les tiges de valériane, dont les émanations la calmaient, lui détendaient les nerfs.

Pour plus de sûreté, elle ordonna à Froufrou, qui, assis sur son train de derrière, la regardait d'assez loin avec admiration, de l'avertir s'il voyait revenir la poule.

« Oua ! oua ! oua ! » dit le bon chien.

Et Praline s'endormit en pleine sécurité, ne se doutant pas du grand chagrin qui l'attendait à son réveil.

Quand Adèle était rentrée à la maison après avoir mis le holà entre la chatte et la poule, elle avait trouvé toute la famille en grand émoi.

On venait de recevoir un télégramme, annonçant que la pauvre grand'mère avait eu une attaque d'apoplexie et qu'il fallait vite, vite, partir, si on voulait la voir encore une fois dans ce bas monde.

La maman pleurait, le papa la consolait, et Jeannette s'agitait.

« Vous n'avez pas de temps à perdre, dit enfin celle-ci, si vous voulez prendre le train.

« Voilà votre chapeau ; madame, voici celui de M^{lle} Adèle ; partez vite. Ce soir je mettrai une caisse à la grande vitesse, si vous devez rester quelques jours là-bas. »

Le papa regarda sa montre : effectivement le train allait partir.

« Ma bonne amie, dit-il à sa femme, nous avons bien juste le temps de nous rendre à la gare. Allons ! vite ! »

La maman, tout éplorée, prit la main d'Adèle, et ils partirent.

« Nous vous enverrons une dépêche si nous avons besoin de quelque chose, ma bonne Jeannette, dit le père.

— Et ma chatte ! s'écria Adèle ; je vous recommande ma chatte, Jeannette. Qu'est-ce qu'elle va devenir en apprenant mon départ? Elle sera désolée de ce que je ne lui aie pas dit adieu. »

Sa maman l'entraînait trop vite pour qu'elle pût entendre la réponse de sa bonne, qui marmottait, en fermant la porte : « Sa chatte ! elle n'en ferait pas plus pour un chrétien, cette petite-là ! Bien sûr qu'on ne va pas le laisser mourir de faim, son animal ! Ça lui faisait quasiment plus de peine de quitter cette bête que de me quitter, moi Jeannette, qui l'ai élevée, qui l'ai soignée. Ah ! les enfants ! les enfants ! »

Cependant M<sup>me</sup> Praline fut réveillée sur son lit de valériane par le sifflet de la locomotive, qui lui déchira les oreilles. Hélas ! il lui aurait bien plus déchiré le cœur si elle avait pu deviner que ce sifflet était le signal du départ de sa maîtresse chérie.

Elle se mit sur son séant, bâilla deux ou trois fois, s'étira les pattes, se frotta le museau sur la valériane, pour achever de se calmer les nerfs, et voyant Froufrou qui, comme un fidèle et loyal garde du corps, avait veillé sur son sommeil, elle daigna le gratifier, en passant près de lui pour retourner au logis, d'un petit mi-a-ou de remercie-ment. Froufrou, enchanté, fit deux ou trois gambades, agita sa queue

4

à la démancher, puis partit comme un trait, pour annoncer que la *reine* arrivait.

Il ne trouva que Jeannette. Toutes les chambres vides, la maison déserte, à l'exception de la cuisine, cela lui fit éprouver l'impression d'un tombeau.

« Oh ! qu'est-il arrivé ? hurla douloureusement le chien. Que sont devenus nos maîtres ? Où est monsieur ? où est madame ? où est mademoiselle ? »

Il chercha, il flaira, il aboya : personne.

Tout éperdu, il revint sur le perron, que M^{me} Minette montait languissamment, s'arrêtant à chaque marche pour ajouter, avec sa langue rose, un plus grand lustre à sa robe satinée.

« Madame Praline ! madame Praline ! hurla le chien, accourez au plus vite. Je crois qu'il est arrivé un grand malheur, quelque horrible catastrophe ; il n'y a plus personne dans la maison ; rien que Jeannette à la cuisine. »

En entendant ce discours, la chatte fit un bond de panthère, qui l'amena du coup dans la maison.

« Adèle ! Adèle ! Adèle ! miaulait-elle en parcourant les chambres vides ; Adèle de mon cœur, ma petite maîtresse chérie, ne jouez pas à ce jeu trop cruel ; montrez-vous vite ; je veux vous voir ; Adèle ! Adèle ! »

La pauvre Adèle ne pouvait répondre : seule dame Jeannette apparut.

« Allons, ma pauvre Minette, dit-elle, faut pas te désoler ; ta petite maîtresse est partie, mais elle reviendra. Viens-t'en manger

en l'attendant : qu'elle te retrouve, à son retour, engraissée et
embellie.

« Viens manger en attendant... »

— Manger! cria la chatte dans un miaulement indigné; manger
quand je reste seule, abandonnée, délaissée comme une malheureuse

orpheline ? Ma maîtresse est partie, partie sans m'embrasser, sans me dire adieu, et vous voulez que je mange ! Non, madame Jeannette, non, je ne boirai ni ne mangerai jusqu'à son retour ; et si elle tarde trop, la cruelle, elle me trouvera morte de douleur et de faim. »

Et ce disant, Praline tourna le dos à la bonne et revint tout éplorée dans la chambre d'Adèle, qu'elle fit retentir de ses gémissements.

« Dieu ! que cette chatte est romanesque ! » fit dédaigneusement Jeannette en haussant les épaules.

« Tiens, mon pauvre Froufrou, toi qui as du bon sens, mange-moi bien sagement la soupe au lait de la chatte. Tant pis pour elle, si elle n'en veut pas. »

Froufrou était assurément bien triste aussi du départ de ses maîtres ; mais la joie inespérée de manger la soupe du chat, dans l'assiette du chat, le fit passer en un instant de la mélancolie la plus profonde à l'allégresse la plus vive.

Il se jeta comme un affamé sur la pitance que lui présentait Jeannette, et en deux ou trois lampées il avala la soupe que Minette aurait mis une demi-heure à savourer, en faisant de petites mines coquettes et des yeux langoureux. Il venait de donner son dernier coup de langue quand Praline, qui ne pouvait rester en place tant elle était agitée, revint à la cuisine. Froufrou se crut perdu. Tout tremblant, il alla se blottir dans les jupes de Jeannette, se demandant ce qu'allait dire, ce qu'allait faire la chatte, quand elle s'apercevrait qu'on avait eu l'audace de manger dans son assiette, chose qu'elle avait formellement interdite.

Mais la pauvre Praline était trop affligée pour s’occuper en ce moment de questions honorifiques.

Elle sauta sur la table où Jeannette frottait l’argenterie et, regardant la bonne d’un air suppliant, elle sembla lui demander, par ses miaulements plaintifs, où était Adèle, ce qu’était devenue Adèle, quand reviendrait Adèle !

Le regard de la chatte était si parlant, et ses miaulements si expressifs, que Jeannette, qui ne se piquait pas de comprendre le langage des chats, entendit parfaitement ce que Praline voulait dire.

« Vraiment, pensa-t-elle, cette bête est bien intelligente ; il ne lui manque que la parole. »

Et passant sa grosse main rude sur le dos du chat, qui en frissonna de dégoût, habitué qu’il était aux caresses d’une petite main blanche et douce, elle lui dit d’un ton amical :

« Ma pauvre Minette, je t’ai déjà dit que ta maîtresse était partie si précipitamment qu’elle n’a pas eu le temps de te dire adieu ; mais elle a pensé à toi ; elle m’a bien recommandé de veiller sur sa chatte chérie, pour qu’elle ne manque de rien en son absence.

« Je t’ai donné à boire, je t’ai donné à manger : ce n’est pas ma faute si tu boudes contre ton estomac. Allons ! mange, nigaude ! Voudrais-tu un peu de poisson, par hasard ? »

La chatte en raffolait d’habitude, et elle adorait les jours maigres, où elle se régalait de son mets favori. Mais maintenant elle n’avait envie de rien, ni de ceci ni de cela. Elle ne demandait, elle ne voulait que son Adèle. Sans elle, il ne valait pas la peine de vivre. C’est ce qu’elle soupira tristement ; puis elle retourna dans la chambre de sa petite maîtresse et se coucha sur le lit d'un air morne et désolé.

Deux jours s'écoulèrent ainsi.

Pendant tout ce laps de temps, Praline ne bougea pas de la maison. En vain Froufrou essaya de la distraire par ses agaceries, lui proposa quelques tours de promenade, l'engagea à aller respirer les aromes calmants de la valériane.

Minette secouait mélancoliquement la tête à chaque proposition, sans même avoir la force de miauler un non.

Une fois, le petit chien arriva très excité : il avait vu, de ses yeux vu, la poule qui était entrée dans le jardin de Praline et qui y picorait comme chez elle, grattant la terre de ses pattes, gâtant tout, dérangeant tout.

Cette annonce parut d'abord galvaniser Praline. Elle se leva, les yeux brillants, la queue gonflée, mais elle retomba bientôt sur le lit.

« A quoi bon ? dit-elle d'un air découragé. Qu'elle fasse ce qu'elle voudra, cette insolente ! tout m'est égal maintenant ! »

Le chien, tout ahuri par la surprise, s'en fut, la queue et les oreilles basses.

Quand la poule le vit arriver, elle l'accueillit par un ricanement :

« Coco, coco, coconette ! criait-elle, en agitant les ailes. Eh bien, tu es allée raconter à la chatte que j'étais entrée dans son soi-disant domaine ? Qu'est-ce qu'elle a dit, cette belle princesse ?

— Ah ! dame Coqueriquette, répondit tristement le chien, je crois que nous assisterons bientôt à un enterrement. Cette pauvre dame

Praline ne peut aller bien loin. J'ai toujours entendu dire que c'était mauvais signe quand une personne changeait si complètement et si promptement de caractère. Vous ne reconnaîtriez plus la chatte. Ce n'est plus cette dame si vive, si impérieuse, si imposante et si pimpante. Elle est devenue douce, paisible, modeste; elle ne s'est peut-

« Je crois que nous assisterons bientôt à un enterrement. »

être pas donné trois coups de brosse depuis hier; elle ne mange rien; c'est à grand'peine si Jeannette a pu lui faire avaler quelques cuille-rées de lait... Je vous dis que nous aurons bientôt une mort dans la maison. »

En entendant ce pronostic, dame Coqueriquette ne se sentait pas de joie; son petit chaperon rouge s'agitait folâtrement sur sa tête; elle poussa des coquericos qui scandalisèrent Froufrou, et il ne voulut pas rester plus longtemps avec une bête d'aussi peu de cœur que cette poule.

Vers le soir du second jour, quand tout était triste et silencieux dans la maison, un violent coup de sonnette fit tressauter la chatte, qui était à moitié pâmée sur le lit d'Adèle.

« Ah! miaula-t-elle, il me semble que je reconnais la façon de sonner de ma chère maîtresse!

Elle s'élança vers la porte d'entrée, où elle arriva même avant Jeannette, qui pourtant s'était mise à courir.

Et quand la porte fut ouverte, ô joie inespérée! ô bonheur sans pareil! Praline s'élança dans les bras qu'Adèle lui tendait!

« O ma petite chatte! ô ma petite Minette. Que je suis aise de te revoir! Grand'mère va beaucoup mieux : tu es bien contente, n'est-ce pas, d'apprendre cette bonne nouvelle?

— Mi-a-ou! mi-a-ou! disait la petite chatte, pressée sur la poitrine de la petite fille, ses deux pattes blanches passées autour du cou de sa chère maîtresse, et sa jolie tête si expressive, si mutine, tournée vers elle avec une expression de ravissement et d'extase dans ses yeux d'émeraude et d'azur.

— Il n'y en a que pour cette bête, dit Jeannette. On ne fait plus attention à sa vieille bonne!

— Oh! pardon, ma Jeannette, dit la petite fille en courant l'embrasser; tu sais bien que je t'aime!

— Mais il faudrait un peu le montrer, » reprit Jeannette d'une voix adoucie.

Froufrou voulait aussi avoir son tour. Il sautait devant Adèle, il remuait la queue, il aboyait, il la tirait par le bas de sa robe.

Elle lui fit deux ou trois caresses, puis demanda à Jeannette ce qu'avait fait la chatte pendant son absence.

« Rien que pleurer et gémir, répondit la bonne, et bien sûr je n'aurais jamais cru que cette bête-là pût avoir tant de sentiment ; c'en était ridicule. J'ai eu beau la raisonner, l'encourager. Ah ! ouitche ! rien n'y faisait. Elle pleurait comme une personne.

— Ma bonne petite Minette ! ma chère petite Minette ! s'écriait Adèle en redoublant ses caresses.

— Si vous étiez restée plus longtemps absente, continua Jeannette, ma foi, je ne sais pas ce que cette bête serait devenue. Vous l'auriez sans doute trouvée morte de faim et de chagrin.

— Ah ! vous voyez, vous voyez, Jeannette, vous qui disiez que les chats n'avaient point de cœur !

— Eh ben, à l'heure qu'il est, je commence à croire le contraire, et cette Praline-là va me raccommoder avec son espèce. »

Adèle était ravie, presque autant qu'une mère quand elle reçoit des éloges de son enfant.

« Jeannette, dit-elle, j'ai bien faim. Voulez-vous me donner à goûter ? Vous me servirez sur la table de pierre qui est sous la charmille.

— Et que voulez-vous manger, ma mignonne ? demanda la bonne.

— Je veux du lait et de la brioche, et vous m'en donnerez un gros, gros morceau, afin qu'il y en ait beaucoup pour tout le monde.

— Pour tout le monde? s'écria Jeannette. Et quel monde, mon bijou? Est-ce que votre maman a invité vos petites amies ?

— Oh ! non ! répondit Adèle en riant, je veux parler du monde de mes bêtes, de Praline, de Froufrou et de Coqueriquette.

— Ah ben, dit Jeannette, pour ce monde-là, n'y a pas besoin de soigner beaucoup le service. »

Adèle appela le chien.

« Mon petit Froufrou, lui dit-elle, va chercher Coqueriquette : tu lui diras qu'elle est invitée à luncher avec nous. »

Froufrou était le plus intelligent des petits chiens ; il comprenait tout ce qu'on lui disait. Au seul nom de Coqueriquette, il dressa les oreilles et partit comme un trait à la recherche de la poule.

Pendant ce temps, Adèle faisait la morale à la pauvre Praline, dont les nerfs étaient furieusement excités.

Quelle idée avait eue sa maîtresse de convoquer tant de bêtes, au lieu de rester tranquillement toutes les deux ensemble ? Est-ce que sa Praline ne lui suffisait pas ? Elle avait le cœur bien gros ; pour un rien elle aurait griffé quelqu'un, mais elle n'osait pas; elle craignait de fâcher Adèle. Elle était là, triste, préoccupée, rêveuse, pendant qu'Adèle lui disait :

« J'espère, ma chérie, que tu vas te conduire en chatte raisonnable et bien élevée. Rappelle-toi que je ne veux point de haine, point de querelle entre mes bêtes. Je désire, j'exige qu'elles vivent toutes en bonne harmonie, et tu me ferais la plus grande peine, le plus grand chagrin, si tu te montrais avec Coqueriquette aigre, acerbe, dédaigneuse, comme tu n'en as que trop l'habitude.

« J'ai vu chez grand'mère une chatte des plus distinguées, qui vit fraternellement avec les chiens, les poules, les oies, les canards : toute la basse-cour.

« En voyant cette gentille petite minette, je me suis promis que ma Praline deviendrait aussi un modèle de bonté, de douceur, de sociabilité. »

La chatte soupira et miaula, d'une voix triste, qu'elle obéirait à sa maîtresse ; puis elle soupira de nouveau, tant son cœur était gros.

Enfin on vit apparaître Coqueriquette, clopin-clopant, accompagnée de Froufou, qui la conduisit jusqu'à la tonnelle.

« Madame Coqueriquette, lui dit Adèle, soyez la bienvenue. Voici M<sup>me</sup> Praline qui veut bien conclure avec vous un traité de paix et d'alliance, ainsi qu'on dit dans mon histoire. Désormais, vous vivrez en bonne harmonie, comme deux bêtes de cœur et de distinction. Allons ! donnez-vous la patte. »

Et comme les deux ennemies se mesuraient du regard, ne se pressant pas d'obéir, Adèle prit la patte de Praline, celle de la poule, et, les joignant ensemble, elle dit :

« Voilà qui est fait. Maintenant vous êtes amies ; mettons-nous à table. »

Ah ! ce fut un repas bien gai ! La chatte elle-même finit par se dérider et par s'égayer.

Il fallait voir comme Froufrou était drôle quand Adèle lui mettait un petit morceau de brioche sur le museau en disant : « Un, deux, trois ! »

A ce mot de *trois,* Froufrou faisait sauter le morceau en l'air et le rattrapait adroitement au vol.

Ce tour d'adresse faisait rire la poule aux éclats. En entendant ces coquericos, Praline hérissa son poil; mais elle comprit bientôt que ce qu'elle avait pris pour une déclaration de guerre était un chant d'allégresse.

Assise sur les genoux d'Adèle, la chatte allongeait de temps en temps sa petite patte blanche, avec un geste des plus moelleux, prenait un des petits morceaux de brioche posés devant elle, et le portait si gentiment, si gracieusement, à sa petite gueule rose, qu'Adèle, enthousiasmée, déclarait qu'elle était un amour, un véritable amour de chat.

On se sépara en bonne intelligence. Rien ne lie autant les gens que de faire ensemble un bon repas.

Froufrou reconduisit la poule jusque chez elle, avec beaucoup de politesse, regrettant qu'elle ne pût rester plus longtemps en leur compagnie.

« J'ai mes habitudes, dit Coqueriquette, et je suis un régime dont je me trouve parfaitement bien ; depuis ma naissance, je me suis toujours couchée avec le soleil, et levée avec lui.

— Eh bien, bonne nuit, dame Coqueriquette ! dit le chien en remuant la queue.

— Bonne nuit, mon ami ! » répondit Coqueriquette en agitant son chaperon rouge.

Et elle entra dans sa cage, grimpa sur son perchoir, tout en se disant :

« Je voudrais bien savoir si la poignée de patte que m'a donnée la chatte était sincère !... J'en ferai l'épreuve demain. »

Il fallait voir comme Froufrou était drôle...

Et elle s'endormit, une patte en l'air et la tête sous son aile.

« Vous traitez les bêtes comme des chrétiens ! dit Jeannette à Adèle, le soir, en la déshabillant.

— Et crois-tu que les bêtes ne sentent pas autant que les chrétiens, comme tu dis ? Crois-tu qu'elles ne souffrent pas comme nous ? Les chrétiens, eux, ont l'espérance d'une autre vie ; nous autres, quand

Et elle s'endormit, la tête sous son aile.

nous souffrons, nous savons que nous avons au ciel un Père qui nous voit, qui nous entend, qui nous aime, qui nous réserve une place dans son paradis.

« Mais elles, les pauvres bêtes ! quelles consolations ont-elles, lorsqu'elles sont malheureuses, qu'elles endurent le froid, la faim, les mauvais traitements ?...

« Eh bien ! moi, je veux, autant qu'il me sera possible, que toutes les bêtes de ma connaissance soient heureuses. Je veux leur faire un petit paradis sur la terre, puisque le bon Dieu ne leur en a point promis après leur mort.

— Ah! vous feriez un bon avocat! dit Jeannette, moitié riant, moitié attendrie, et vous êtes une bonne petite fille; j'aime encore mieux vous voir choyer vos bêtes que de vous les voir tourmenter, torturer, comme tant d'enfants qu'il y a. Maintenant, mam'zelle, tâchez de bien dormir.

— Merci, Jeannette, je vais d'abord dire une prière pour grand'-maman, et puis je ne ferai qu'un somme jusqu'à demain, car je suis bien fatiguée. »

Le lendemain, on reçut encore de bonnes nouvelles de la grand'-mère, qui allait de mieux en mieux; la maman fut bien contente, et Adèle aussi.

Elle travailla bien, elle s'amusa encore mieux, et continua à entretenir la bonne harmonie entre la poule et la chatte.

Quant à Froufrou, ce bon petit chien était toujours de l'avis de tout le monde; on ne pouvait voir de caractère plus conciliant. Il y a des chiens qui sont d'une humeur de dogue, hargneux, envieux, agressifs. Avec ceux dont ils n'ont pas peur, ils sont arrogants, hautains, et avec ceux qu'ils craignent, flatteurs et rampants. Mais notre ami Froufrou n'était pas de ces chiens-là. Pour tous, grands et petits, forts et faibles, riches ou pauvres, il était prévenant, complaisant, caressant. Il aurait plutôt éprouvé une tendresse particulière pour ceux qui lui paraissaient chétifs et malheureux.

Sous des manières un peu rudes, il cachait le cœur le plus tendre, le plus compatissant, le plus dévoué.

Mais le bonheur dont jouissaient Adèle et ses bêtes ne devait pas durer.

Les destins et les flots sont changeants, comme dit le poète.

Un jour, une tante d'Adèle, la sœur de sa mère, vint s'installer pour quelque temps dans le *Paradis des bêtes,* comme Jeannette appelait la maison, pour plaisanter.

Cette dame avait amené avec elle son fils Serge, un garçon de huit ans, aussi cruel envers les animaux qu'Adèle leur était bonne et secourable.

Il bouleversa toute leur existence, si heureuse, si paisible, sous la douce autorité, sous la protection de la petite fille.

La poule effarouchée, et à laquelle Serge avait presque cassé une patte en lui jetant des pierres, prit le parti de se réfugier dans la basse-cour du voisin, où un coq, fort obligeant et très courtois, lui offrit l'hospitalité parmi les poulettes dont il était seigneur et maître.

Mais le chien et la chatte, qui ne voulurent pas déserter le toit familial, eurent beaucoup à souffrir du méchant petit homme.

En vain Adèle intervint, s'interposa : elle ne parvenait pas toujours à protéger d'une manière efficace les pauvres bestioles, qui, vingt fois le jour, maudissaient leur lâche persécuteur.

Oui, lâche, car s'attaquer à plus faible que soi, c'est lâcheté.

Adèle ne se faisait pas faute de le lui dire; mais le méchant gamin se moquait de sa cousine, disant que les bêtes sont faites pour nous amuser et qu'il s'en amusait à sa manière. Cette manière consistait à tirer la queue à l'un, les oreilles à l'autre, sans parler des pierres qu'il leur jetait, quand les pauvres bêtes, en l'apercevant, s'enfuyaient affolées.

Un jour, jour de malheur pour elles, Serge eut une idée.

Dans le jardin se trouvait une grande pièce d'eau, au centre de laquelle il y avait une rocaille, une espèce de rocher artificiel avec des plantes aquatiques.

« Nous allons faire un petit sport nautique, dit le méchant garçon ; nous jetterons toutes les bêtes à l'eau, et celle qui arrivera la première de l'autre côté sera proclamée vainqueur de la course et gagnera un collier d'honneur.

« Je lui mettrai au cou un beau ruban rouge, et il le portera tant que dure dure, en signe de son triomphe. »

Et, avant qu'Adèle eût pu l'en empêcher, le gamin, qui avait déjà saisi la chatte, se précipita en courant vers la pièce d'eau, suivi de Froufrou, qui aboyait de toutes ses forces.

Hélas ! quand Adèle arriva au bord du bassin, ce fut pour entendre dire : « Une, deux, trois ! » et voir la pauvre Praline, la mignonne, jetée dans l'eau, où le chien ne tarda pas à la suivre de la même façon.

« Oh ! mon Dieu ! s'écria Adèle éplorée. Les pauvres bêtes vont se noyer, elles n'ont jamais appris à nager.

— Que tu es nigaude, cousine ! ricana Serge. Les animaux, ça nage d'instinct, ça sait nager comme ça sait manger ; tiens ! regarde-les. »

Les pauvres petites créatures nageaient droit devant elles, le chien en tête, suivi par la chatte, qui se débattait comme elle pouvait, n'ayant jamais nagé de sa vie.

« Elle n'arrivera jamais, s'écriait Adèle, avec des larmes dans les yeux et dans la voix ; jamais elle n'aura la force d'atteindre l'autre bord ; courage, Praline ! courage, ma mignonne ! tourne-toi de mon côté, mon petit cœur. »

Déjà le chien était arrivé à l'autre bord et se secouait joyeusement ; il se roulait sur l'herbe ; il jappait de plaisir, fier d'être sorti sans catastrophe d'une si grande aventure.

La chatte, à force de s'agiter, était parvenue aussi à sortir de l'eau,

Un sport nautique.

et, ruisselante, tremblante, grelottante, le poil collé à la peau, elle faisait peine à voir.

Adèle était vite passée de l'autre côté pour la recevoir dans ses bras.

Elle l'essuya, la frictionna vigoureusement, puis l'enveloppa dans un châle de laine et la mit au soleil pour la faire sécher.

« Ah ! disait-elle, pourvu qu'elle ne tombe pas malade ! Ça craint tellement l'eau, les chats ! Que les garçons sont mauvais ! Quelle vilaine engeance !

« Dieu merci, tu n'es pas pour rester toujours avec moi. Je te déclare que je n'aime pas les méchants garçons.

— Bien obligé, ma petite cousine, répondit Serge en faisant un salut ironique, vous êtes bien gentille, bien polie ! Je dirai à maman comme vous êtes hospitalière ! Nous ne viendrons plus vous voir.

— Oh ! je n'en pleurerai pas, repartit vivement Adèle. Je suis bien plus tranquille quand vous n'êtes pas ici !

— Alors vous aimez mieux vos bêtes que moi ? demanda Serge.

— Assurément, répondit Adèle. Si vous étiez un bon garçon, bien complaisant, pas taquin, pas cruel, je vous aimerais beaucoup, et infiniment mieux que mes bêtes. Mais vous ne faites que me contrarier, que me taquiner, que tourmenter mon chat, mon chien ; comment voulez-vous que je vous aime ?

— Avec ça qu'ils sont fameux, vos animaux ! dit Serge en ricanant d'un air moqueur. Un chien galeux, un chat pelé, une poule plumée.

— Ce n'est pas vrai ! cria Adèle toute fâchée ; c'est un affreux mensonge, car on a rarement vu, au contraire, de plus jolies bêtes que les miennes ! »

A ce moment le dîner sonna, et les enfants durent rentrer à la maison.

« Qu'as-tu donc, mon bijou ? demanda la maman d'Adèle en voyant le visage de sa fille tout bouleversé et ses yeux baignés par les pleurs.

— Oh ! maman, j'ai un gros chagrin : Serge a jeté mon chien et mon chat dans le bassin, et ils ont manqué se noyer.

— Pourquoi as-tu fait cela, Serge ? demanda la maman d'un ton de reproche.

— Oh ! ma tante, c'était pour m'amuser ! Je voulais voir celle des bêtes qui nagerait le mieux et le plus vite. C'est le chien qui a remporté la victoire ; c'est lui qui aura le collier d'honneur. Maman, ajouta-t-il en se tournant vers sa mère, vous me donnerez, s'il vous plaît, un ruban rouge pour mettre au cou de Froufrou, n'est-ce pas ?

— Oui, mon ami, répondit la maman de Serge en riant.

« Ce petit homme a de si drôles d'idées ! continua-t-elle d'un air charmé en regardant sa sœur et son beau-frère.

— Elles ne sont pas drôles pour tout le monde ! » fit observer le papa, qui voyait avec peine que sa pauvre fillette avait le cœur bien gros.

Et la maman de Serge changea vite de conversation.

Mais ce n'était que le commencement des chagrins d'Adèle et des malheurs de Praline.

La maman et la tante d'Adèle étaient Russes, nées à Moscou ; seulement la maman avait épousé un Français, et la tante un Moscovite.

Cette dame devait rentrer dans son pays pour y rejoindre son mari et y faire élever son fils.

Il y avait longtemps que la maman d'Adèle avait envie de revoir son cher Moscou, où elle avait passé toute son enfance et une partie de sa jeunesse.

Il fut décidé qu'on profiterait du départ de la tante pour faire ce voyage et que l'on passerait l'hiver en Russie : car tout le monde sait que pour voir ce pays à son avantage, il faut le contempler sous son manteau de neige.

Mais emmènerait-on Adèle ? Une enfant si délicate, comment supporterait-elle ce rude climat? Il faudrait ou la tenir enfermée tout l'hiver, ou l'exposer à une température à laquelle sa frêle petite poitrine ne pourrait peut-être pas résister.

Après bien des débats, bien des hésitations, on se détermina à ne pas l'emmener et à la mettre en pension pendant l'absence de sa famille.

Quand on fit part à la petite fille de cette décision, elle en fut bouleversée. C'était la première fois qu'elle se séparait de ses parents. Depuis sa naissance elle n'avait pas passé une nuit loin de sa mère, et maintenant il lui faudrait passer six mois sans elle! Cent quatre-vingts jours et cent quatre-vingts nuits! Oh! c'était impossible! Elle en deviendrait folle. Elle aimait mieux mourir de froid, être changée en statue de glace, mais ne pas quitter ses chers, ses bien-aimés parents. Et en disant cela, les larmes coulaient en longs ruisseaux sur son visage.

Le papa et la maman furent si émotionnés du chagrin de leur fillette, de l'affection qu'elle leur témoignait, qu'ils furent sur le point de renoncer à leur voyage. Si la tante n'avait pas été là pour les décider, pour les entraîner, ils n'auraient pu se résoudre à partir. Mais cette dame prit Adèle à part, elle la raisonna et lui dit que, si elle aimait sa mère, elle ne devait pas la priver d'un voyage qui lui ferait tant de plaisir et tant de bien.

« Dis-moi, Adèle, si tu te mariais un jour en Russie, ne serais-tu pas bien aise de revenir voir la France?

— Oh! ma tante, s'écria Adèle, je ne me marierai jamais en Russie : je ne pourrais pas vivre loin de mon pays.

— Tu comprends donc, ma chère, reprit la tante, combien il est pénible de vivre loin de la terre natale, loin des lieux où s'est écoulée l'enfance, les premiers beaux jours, et quel bonheur on doit éprouver à les revoir.

« Veux-tu donc ravir cette joie à ta pauvre maman ?

— Mais, ma tante, elle n'a qu'à m'emmener avec elle.

— Non, elle ne t'emmènera pas, parce que tu pourrais tomber malade ; elle se le reprocherait toute sa vie.

« Il faut apprendre, mon enfant, à savoir aimer les autres pour eux, et non pour nous. »

Bref, elle lui parla si bien, que la pauvre Adèle, dont le cœur était des plus tendres et des plus dévoués, se résigna à cette séparation. Elle fit plus.

Pour enlever à sa mère tout regret, toute inquiétude, elle affecta une grande joie d'aller en pension, de se trouver avec des petites filles de son âge.

« Maman, chère maman, disait-elle en faisant ses efforts pour ne pas pleurer, partez vite, pour être plus vite revenue ! »

Dans la ville voisine du gros bourg où demeuraient les parents d'Adèle il y avait un couvent d'Ursulines qui jouissait d'une grande réputation. On y élevait parfaitement les jeunes filles et on y avait le plus grand soin de leur santé.

Ce fut dans cette maison qu'on se décida à placer la petite fille.

Quant à sa *ménagerie,* comme l'appelait Jeannette, voici ce qui fut statué à son égard.

L'oncle reprendrait son aimable Froufrou jusqu'au retour de la famille, dont Jeannette garderait le foyer, en compagnie de la chatte et de la poule. Elle promit de prendre le plus grand soin de ses deux humbles compagnes.

C'était un grand crève-cœur pour la pauvre Adèle de se séparer à la fois de tout ce qu'elle aimait.

Si du moins elle avait pu garder sa Praline, pour parler avec elle des chers absents, des beaux jours évanouis !

Elle se rappelait comme l'affectueuse petite bête savait la remonter lorsqu'elle avait du chagrin ; comme elle lui miaulait de douces et tendres consolations ; comme elle essuyait ses larmes de ses petites pattes blanches !

Et maintenant elle pleurera seule !

Et Praline, que deviendrait-elle dans cette grande maison déserte, seule avec Jeannette et une poule assez acariâtre, n'ayant pas même le bon Froufrou pour la distraire par sa joyeuse humeur ?

Le jour fixé pour l'entrée de la petite fille au couvent arriva. Si elle était triste, pas n'est besoin de le dire ; et sans les encouragements de sa tante, elle se serait livrée devant sa mère à toute la violence de son chagrin. Mais la tante la fortifiait, la soutenait. Elle fut, en apparence du moins, assez courageuse, la pauvre petite.

Sa malle était là dans un coin de la chambre, sa caisse à chapeau dessus ; et elle, assise dans un coin, Praline sur ses genoux, faisait à la chatte ses derniers adieux.

Il fallait se quitter ; la voiture était devant la porte ; sa mère l'appelait.

Tout à coup, une idée subite lui passe par la tête ; d'une main fiévreuse elle défait la ficelle qui attachait sa caisse à chapeau, l'ouvre, y jette Praline ahurie ; puis, à la hâte, elle referme la boîte et l'attache de son mieux. La maman montait.

« Que fais-tu donc avec cette caisse, Adèle ?

— Maman, je... je... je regardais mon chapeau, maman !

— Tu es devenue bien coquette, ma mignonne, » dit la mère en l'embrassant.

Un homme entra pour prendre les bagages.

Il mit la malle sur son épaule et prit la caisse à la main. S'il avait su ce qu'était une caisse à chapeau, il se serait sans doute étonné de la trouver si lourde ; mais ne sachant pas ce que contenait la boîte, il ne fit aucune observation.

Adèle tremblait comme une feuille ; elle ne se rassura un peu que lorsque la caisse fut sur l'impériale.

Mais si le chat allait miauler ? s'il allait ouvrir la boîte pas trop bien attachée et se sauver ?

Elle était dans des transes terribles, et ses inquiétudes se lisaient sur son front ; mais ses parents mettaient le trouble où ils la voyaient sur le compte d'une émotion bien naturelle dans les circonstances où l'on se trouvait.

Sa mère la consolait, la caressait :

« Six mois seront bientôt passés, mon petit ange. Nous nous écrirons deux fois par semaine. Tu recevras une longue lettre de moi tous les jeudis et tous les dimanches. Je te raconterai comment nous avons fait notre voyage, les petites aventures de la route, l'arrivée, le séjour.

« De ton côté, ma chérie, tu m'écriras aussi bien régulièrement, n'est-ce pas ?

— C'est que je ne sais pas bien faire les lettres, maman, dit la petite fille. Je ne sais jamais comment il faut commencer.

— Tu plaisantes, ma chérie ; ce n'est pas difficile d'écrire à sa maman. Est-ce que tu es embarrassée pour causer avec moi ? Quand tu viens dans ma chambre pour me parler, es-tu jamais restée muette en cherchant quels mots tu dirais pour commencer ?

— Oh ! mais ! maman, ce n'est pas la même chose de parler que d'écrire.

— C'est tout à fait la même chose, mon enfant. Une lettre n'est qu'une conversation écrite, et il faut la faire bien simplement, bien naturellement, sans chercher de grandes phrases. Il faut m'écrire comme tu me parlerais ; seulement je reconnais que tu sais mieux manœuvrer ta langue que ta plume, parce que tu n'as pas l'habitude de beaucoup te servir de cette dernière, mais ça viendra : à force de forger on devient forgeron. »

Adèle voulait prêter une grande attention à ce que lui disait sa mère, mais, malgré elle, elle était distraite, préoccupée.

Il lui semblait toujours entendre du bruit, là-haut, sur l'impériale.

A chaque moment, elle tressautait sur sa banquette ; elle devenait rouge ; elle devenait pâle, et la maman disait au papa :

« Comme cette petite est nerveuse, impressionnable ! Pourvu que les religieuses en aient bien soin ! »

On arriva. On déchargea les bagages et on fit entrer Adèle et ses parents dans le parloir : Adèle était sur des épines.

Elle aurait bien voulu aller délivrer la malheureuse Praline, qui était peut-être étouffée dans son étroite prison, et elle ne pouvait se résoudre à s'éloigner de sa mère, dont elle allait être séparée pendant si longtemps.

Elle eut envie de lui dire ce qu'elle avait fait; mais elle n'osa pas, parce que la supérieure était là, avec l'assistante et la maîtresse principale, et la vue de ces trois dames qu'elle ne connaissait pas, revêtues d'un costume extraordinaire, l'impressionnait et l'intimidait beaucoup.

Mais pendant qu'Adèle recevait les derniers baisers et les dernières recommandations de sa maman, il se passait à la lingerie une scène tragi-comique qui faillit rendre folle une bonne vieille demoiselle, pensionnaire volontaire, qui, ayant beaucoup de loisirs et ne sachant que faire du temps qui lui restait quand elle avait dit son rosaire et récité tous ses offices, s'en allait souvent à la lingerie, où, sous prétexte d'aider les sœurs qui y travaillaient, elle exerçait grandement leur patience par ses tracasseries et les bizarreries de son humeur.

On la supportait, d'abord parce que, malgré ses travers, c'était une digne et excellente personne, et puis parce que, possédant une assez belle fortune, elle était l'une des principales bienfaitrices du couvent, qu'elle comblait de ses dons. Mais les élèves la détestaient, car Mlle Brigitte était constamment aux aguets pour épier la moindre infraction aux règlements de la maison. Loin de cacher les petites espiègleries qu'elle pouvait découvrir, elle les dénonçait, les amplifiait et exhortait les sœurs à la sévérité, leur rappelant cette parole des saints livres : « Qui aime bien, châtie bien. » Ce jour-là, pour le malheur d'Adèle et de Praline, M^lle Brigitte était entrée à la lingerie pour se distraire un peu. Elle aperçut le carton à chapeau d'Adèle, qu'on venait de déposer sur la table.

« Ah ! ah ! dit-elle, voyons un peu ce chapeau, quelle tournure il a. »

Quoique dévote, M^lle Brigitte avait du goût pour les modes.

Elle s'approche donc de la table, défait la ficelle qui entoure le carton, lève le couvercle. O terreur! ô horreur !... Quelque chose de velu avec des yeux luisants comme braise, des griffes acérées, s'élance de la boîte, saute par-dessus les épaules pointues de la vieille demoiselle, et disparaît comme un éclair par la porte entr'ouverte.

M^lle Brigitte était tombée sur une chaise, à moitié pâmée.

« Le diable! s'écriait-elle, j'ai vu le diable! Cette caisse nous a apporté le diable. Nous allons toutes être possédées. Sœur Gertrude, sœur Ursule, sœur Magloire, à l'aide ! au secours ! »

Les sœurs susdites, qui travaillaient dans la pièce voisine, accoururent à l'appel de la vénérable dame.

Elles la trouvèrent pâle comme la mort, les yeux dilatés, la bouche contractée et toute secouée par un tremblement nerveux.

« L'avez-vous vu, mes sœurs ?

— Quoi donc, mademoiselle ?

— Le malin, le maudit, le pervers !

— Nous n'avons rien vu! dirent les trois sœurs tout étonnées.

— Ah ! reprit la vieille demoiselle, il m'a sauté à la figure! mes

sœurs, mes bonnes sœurs, courez vite chez notre bonne supérieure
et dites-lui ce qui arrive. »

Les trois sœurs, jeunes novices, sans malice et sans expérience,

Quelque chose de velu, avec des yeux luisants comme braise, des griffes acérées, s'élance
de la boîte...

furent saisies de frayeur. Elles allaient courir chez la Révérende
Mère pour lui raconter la terrible vision de M<sup>lle</sup> Brigitte, quand Adèle,
haletante, le cœur tremblant, parut sur le seuil et s'écria :

« Où est ma caisse? où est mon chat? O mon Dieu! où est
mon chat? répéta-t-elle en voyant la caisse ouverte et M<sup>lle</sup> Brigitte,

pâle comme son blanc bonnet, récitant avec ferveur ses oraisons.

— De quel chat parlez-vous donc, ma petite amie? demanda une des jeunes sœurs.

— De ma chatte, de ma minette, que j'avais enfermée dans cette caisse et que je n'y trouve plus. »

A ces paroles, les trois petites novices éclatèrent de rire.

« Ah! ah! dirent-elles, voilà M{^me} Brigitte qui l'a prise pour le diable et qui nous envoyait auprès de notre Révérende Mère, afin qu'elle ordonnât des prières publiques pour le chasser du couvent. Ah! ah! la farce est bonne.

— Le diable! dit Adèle scandalisée, comment peut-on prendre pour le diable un joli petit chat, avec des yeux magnifiques, dont l'un est bleu comme l'azur du ciel, et l'autre vert comme les prés? C'est la plus jolie et la plus douce petite bête qu'on puisse voir. Mais, de grâce, où est-elle? Dites-moi, qu'en avez-vous fait? »

M{^lle} Brigitte s'était levée; sa figure longue, maigre et jaune, s'était encore allongée, amaigrie et jaunie.

« Ah! dit-elle en regardant la petite avec sévérité, c'était votre chat? Vous mettez des chats dans vos caisses à chapeaux, pour effrayer de saintes religieuses? C'est un péché, mademoiselle, une grave offense, je dirais presque un sacrilège.

— Mais mon chat? où est mon chat? implorait Adèle, qui comprenait peu de chose aux grands mots de la vieille demoiselle, mais que son ton sévère et son teint bilieux impressionnaient désagréablement; dites-moi, s'il vous plaît, madame, où est mon chat!

— Laissez votre chat tranquille et écoutez-moi quand je vous parle.

« A-t-on jamais vu des pensionnaires apporter leurs chats dans leurs caisses à chapeaux? Il doit être frais, votre chapeau, mademoiselle, voyons ça! »

M$^{lle}$ Brigitte mit ses bésicles sur son long nez pointu et tira le chapeau de sa boîte.

« Oh! oh! oh!... » Elle ne put trouver de mots pour exprimer ce qu'elle ressentait à la vue de cet objet informe qui se balançait au bout de ses doigts osseux.

« Oh! oh! oh! » reprit-elle, et son regard allait, terrible, d'Adèle à l'objet et de l'objet à Adèle.

La pauvre petite, toute honteuse, baissait les yeux, n'osant pas regarder.

« Pour votre pénitence, mademoiselle, je dirai à votre maîtresse qu'elle vous condamne à le porter tel qu'il est, pilé, écrasé, maculé, froissé, tel en un mot que jamais chiffonnier n'en a tenu de pareil au bout de son crochet.

— Mon chat! murmurait faiblement Adèle; dites-moi, s'il vous plaît, où est mon chat!

— Mais elle est toquée, cette enfant, s'écria M$^{lle}$ Brigitte indignée. A tout ce qu'on lui dit, elle ne sait répondre autre chose : « Mon « chat! où est mon chat?... » Que je le trouve, votre chat, et je vous promets qu'il passera un triste quart d'heure! Je lui ferai expier son double crime :

« 1° De m'avoir convulsionnée par son apparition diabolique;

« 2° D'avoir réduit à l'état de galette, de bouillie, un chapeau d'uniforme tout neuf. »

Tant que la vieille demoiselle n'avait fait que la gronder, Adèle l'avait supporté avec patience ; mais s'attaquer à sa chatte ! jurer de lui faire passer un mauvais quart d'heure ! oh ! elle ne pouvait supporter cela !

Elle releva la tête ; ses yeux baissés modestement se fixèrent brillants et enflammés sur M^{lle} Brigitte.

« Vous ne ferez pas de mal à ma chatte, dit-elle, je la défendrai !

— Eh ! petite insolente, comme vous parlez ! Je lui ferai tout ce que je voudrai, à votre chatte ; qu'elle me tombe seulement sous la main, et elle vous en dira des nouvelles !

— O mon Dieu ! s'écria Adèle désolée, qu'ai-je fait en amenant ici ma pauvre Praline ! Je croyais que dans les couvents on était bon. Pauvre Minette ! que vas-tu devenir ! »

Et la petite fille pleurait à chaudes larmes.

Les jeunes sœurs furent attendries.

« Ne pleurez pas, mademoiselle, dirent-elles ; M^{lle} Brigitte n'est pas si terrible qu'elle en a l'air. Elle parle comme ça pour vous faire peur, et elle n'oserait même pas tuer une puce.

— Faites-moi le plaisir de vous taire, sœurs jacasses, s'écria la vénérable demoiselle, qui avait son franc parler. Retournez à votre ouvrage, et n'allez pas soutenir une élève dont j'ai à me plaindre et que je gronde ! »

A ce moment, Adèle crut entendre dans le lointain une petite voix plaintive qui appelait au secours.

« Oh ! c'est Praline qui pleure, Praline qui m'appelle. »

Et, repoussant la sœur qui voulait la retenir, elle s'élança hors de la chambre, traversa les corridors, escalada les escaliers, et, comme la femme de Marlborough, monta si haut qu'elle put monter. Guidée par un petit miaulement si faible que son ouïe surexcitée pouvait à peine le percevoir, elle arriva dans un immense grenier.

« O mon Dieu! » s'écria Adèle désolée.

Le cœur lui battait bien fort, non pas tant de sa course rapide que de la frayeur qu'elle éprouvait à se trouver toute seule, à la tombée de la nuit, dans cette vaste solitude, peuplée de toutes sortes d'objets étranges qui, à la lumière pâlissante, revêtaient des aspects fantastiques.

Mais l'inquiétude où elle était sur le sort de la chatte, le grand

6

désir qu'elle avait de la retrouver, faisaient taire ses épouvantes. D'une voix bien douce et bien tendre elle appela :

« Minette ! Minette ! chère petite Minette ! viens vite, ma petite chérie ; viens trouver ta maîtresse, ma belle ! »

Il lui sembla que là-bas, là-bas, tout à fait dans le fond du grenier, derrière des sacs et des caisses, elle avait entendu remuer. Oh ! c'est Praline peut-être. Mais peut-être aussi que c'est un voleur !

Elle fut sur le point de s'enfuir, car un courage de sept ans n'est jamais bien héroïque ; mais son affection pour Praline triompha encore de sa peur.

D'une voix tremblante elle répéta :

« Minette ! Minette !... » Un grand bruit se fit entendre, quelques planches dégringolèrent, et Praline se précipita vers sa maîtresse, la queue en panache et la joie dans les yeux.

« O ma Minette !

— O ma maîtresse ! »

La petite fille et la petite chatte étaient aussi contentes l'une que l'autre.

Adèle s'assit à terre, prit Minette sur ses genoux, la caressa, la baisa, la consola.

« Pauvre, pauvre Minette, quelle sottise j'ai faite de t'amener ici ! Ah ! mon amitié pour toi m'a bien mal conseillée ! Que vas-tu devenir ?

— Hélas ! je n'en sais rien ! miaula douloureusement la chatte.

— Sur toutes choses, ma chérie, garde-toi comme du feu d'une vieille demoiselle jaune, maigre, avec un grand nez crochu ; elle dit que tu es le diable et qu'elle te fera passer un mauvais quart d'heure.

— Oh ! pauvre moi ! miaula tristement Minette.

— Ainsi, ne sors pas de ce grenier ; cache-toi bien, continua Adèle. Je t'apporterai à manger deux fois par jour. Mais que je me repens de t'avoir amenée, pauvre, pauvre Minette ! »

La chatte mêla ses miaulements plaintifs aux soupirs et aux regrets de la petite fille, et elles étaient serrées l'une contre l'autre, la tête de Praline reposant sur l'épaule d'Adèle, quand on entendit un bruit de pas et de voix.

« Vite, vite, Minette, cache-toi, on vient te prendre ! »

Minette, le poil hérissé, la queue gonflée, s'élança dans le coin le plus sombre du grenier et disparut derrière un tas de vieux meubles.

Deux personnes entraient.

L'une était l'ennemie de la chatte, M<sup>lle</sup> Brigitte, l'autre la maîtresse de la petite classe, Mère Saint-Louis, qui cherchait sa nouvelle élève depuis une demi-heure sans pouvoir s'imaginer pourquoi elle avait disparu ni ce qu'elle était devenue.

Heureusement que la vieille demoiselle put lui en donner des nouvelles, et toutes deux se mirent à sa recherche.

Elles arrivèrent enfin au grenier et purent voir le joli tableau de genre que présentaient l'enfant et le chat.

M<sup>lle</sup> Brigitte, sévère, rigide, regardait d'un air irrité. Mais M<sup>me</sup> Saint-Louis, petite, ronde, fraîche, ne pouvait s'empêcher de sourire.

Elle s'approcha d'Adèle, qui s'était levée toute tremblante à l'aspect des deux dames.

« Ma chère enfant, dit Mère Saint-Louis d'un ton amical, il ne faut pas vous échapper comme cela. Vous m'avez mise fort en peine ; je ne pouvais pas imaginer ce que vous étiez devenue, et, sans cette bonne demoiselle Brigitte, qui m'a guidée dans mes recherches, je n'aurais su où vous prendre. Il faut rester avec les élèves, ma petite, ne pas vous éloigner de votre classe. Si toutes les demoiselles se mettaient à vaguer dans tous les coins de la maison comme des brebis sans pasteur, nous aurions fort à faire pour réunir le troupeau.

« Comme vous êtes nouvelle, pas encore au courant des habitudes de la maison, vous ne serez ni punie ni grondée pour cette fois. Mais il ne faudra plus recommencer à courir dans la communauté sans permission ; vous m'entendez, mon enfant ?

— Je vous entends, madame, répondit Adèle, mais je ne pourrai malheureusement pas vous obéir.

— Comment ! s'écria M^me Saint-Louis, stupéfaite, vous ne pourrez pas m'obéir ? Et pourquoi cela, mon enfant ?

— Parce que... répondit Adèle, qui ne voulait pas parler de son chat devant M^lle Brigitte.

— Parce que... ? reprit M^me Saint-Louis. Eh bien, vous vous taisez ? Allons ! allons ! vous ne pensez pas ce que vous dites. Je vois sur votre figure que vous serez une bonne petite fille, bien sage, bien obéissante, j'en suis sûre !

« Maintenant descendons vite, il faut aller souper, et puis vous ferez connaissance avec vos nouvelles compagnes. »

Et M^me Saint-Louis prit la petite par la main, pendant que M^lle Brigitte inspectait tous les coins et recoins du grenier, cherchant à découvrir dans l'obscurité croissante l'infernale bête, comme elle l'appelait, qui lui avait causé une si grande frayeur.

« Attention ! cria Adèle, ton ennemie est là, ma pauvre Praline ! »

Elle ne put en dire davantage, M^me Saint-Louis l'entraînait.

Lorsqu'elle entra au réfectoire, toutes les élèves y étaient déjà réunies. On y gardait un grand silence, selon l'usage ; mais un murmure, aussitôt réprimé, s'éleva à l'entrée de la petite *nouvelle*.

C'était la première fois qu'on la voyait, et une centaine d'yeux se fixèrent sur elle, curieux, railleurs.

La pauvre petite Adèle était fort intimidée et toute décontenancée.

Mère Saint-Louis la fit asseoir à côté d'une petite fille à la mine éveillée et espiègle. Adèle avait faim, car elle n'avait rien mangé depuis le matin, et alors, le cœur serré par les tristesses du départ et de la séparation, elle avait à peine pu prendre quelques bouchées.

Mais Praline aussi devait avoir faim, la pauvre bête ! Que devait-elle faire là-haut dans l'obscurité, dans la solitude, dans la tristesse, dans l'abandon, l'estomac vide et le cœur gros !

« Je partagerais bien mon souper avec elle, » se dit Adèle.

Il y avait du rôti de veau et de la salade. Minette n'aimait pas la salade, mais le veau lui plaisait fort.

La petite fille escamota assez adroitement son morceau de viande et le plia dans son mouchoir de poche.

Après le souper, les élèves se mirent en rang, deux par deux, pour se rendre à la salle de récréation. Adèle eut pour compagne sa petite voisine du réfectoire, qui lui parut très sympathique.

A peine arrivées dans la salle de récréation, les rangs se rompirent, les élèves se dispersèrent, et les conversations, les cris, les rires, résonnèrent sous ces voûtes habituellement silencieuses.

La *nouvelle* attira peu l'attention des grandes, qui ne lui donnèrent qu'un coup d'œil dédaigneux.

Mais les petites, et même les moyennes, l'entourèrent, la questionnèrent, la détaillèrent de la tête aux pieds.

« Comment vous appelez-vous, mademoiselle ? lui demanda sa petite compagne.

— Je m'appelle Adèle, répondit timidement la nouvelle venue.

— Ça n'est pas vrai ! cria une voix moqueuse, elle ne s'appelle pas Adèle ; c'est la mère Michel qui a perdu son chat.

— Et qui vient voir ici si on le lui rendra ! »

Un éclat de rire général accueillit ces paroles.

« Ah ! c'est la mère Michel ? Bonjour, mère Michel ! Comment va votre chat, mère Michel ?

— Il est donc perdu, ce pauvre minet, mère Michel ? »

Et voilà qu'une ronde se forme autour d'Adèle consternée, et une vingtaine de petites voix rieuses, moqueuses, entonnent la complainte de la *Mère Michel*.

Adèle sent les larmes lui monter aux yeux ; elle tire son mouchoir pour les essuyer, et un gros morceau de viande tombe à ses pieds !

Des cris, des rires, des battements de mains, des trépignements de joie, saluent la catastrophe. Rouge de honte et de confusion, Adèle ne sait plus que devenir ; elle éclate en pleurs.

En voyant son chagrin, les petites moqueuses, les petites espiègles, se taisent, s'écartent : la maîtresse accourt.

« Qu'avez-vous, ma petite? »

« Qu'avez-vous, ma petite ? »

Adèle ne peut répondre, secouée par des sanglots convulsifs.

La religieuse la prend par la main, la fait asseoir à côté d'elle, lui parle avec tendresse, avec douceur, la console, la calme ; puis elle frappe dans ses mains pour demander le silence et défend formellement aux pensionnaires de taquiner, de tourmenter Adèle.

« La première de vous, mesdemoiselles, dit la sœur d'un ton sévère, qui se permettra une parole de moquerie aura son bonnet de nuit demain, toute la journée. »

Cette menace ramène le sérieux ; des groupes se forment, on organise différents jeux, et l'on oublie Adèle, qui reste auprès de la sœur.

« Qu'est-ce donc que ce chat dont on parle tant ? demande la bonne religieuse. »

Adèle peut enfin dégonfler son cœur. Elle raconte toute l'histoire de Praline, et l'affection qu'elle a pour elle, et la peine qu'elle a éprouvée lorsqu'il a fallu s'en séparer, et l'idée baroque qui lui est venue soudain d'enfermer le pauvre animal dans sa caisse à chapeau, et la peur qu'il a fait, sans le vouloir, à M<sup>lle</sup> Brigitte, et la colère que celle-ci en a conçue, et les menaces qu'elle a proférées contre l'innocente Praline.

La sœur sourit en écoutant cette histoire.

« Il ne faut pas vous inquiéter de votre chatte, ma chère enfant, dit la maîtresse en donnant une petite tape d'amitié à sa nouvelle élève ; elle saura bien se tirer d'affaire toute seule. Il y a beaucoup de rats au grenier, elle ne mourra pas de faim, allez !

— Des rats ! s'écrie Adèle ; mais ma Praline ne mange pas de rats !

— Voilà qui est fâcheux, dit la sœur en secouant la tête, car un chat qui ne mange pas de rats et de souris, à quoi est-il bon ? je vous le demande !

« Ah ! c'est une bien mauvaise idée, ma petite, que vous avez eue, d'amener cet animal ici, ajouta-t-elle. Je prévois pour vous beaucoup d'ennuis, beaucoup de chagrins. »

Adèle soupira. Ah ! certes, elle le savait bien qu'elle avait eu tort de ne pas laisser la pauvre Praline à la garde de Jeannette, en compagnie de la poule !

Le soir, quand elle fut couchée dans son petit lit blanc, au milieu d'une vingtaine d'autres enfants, elle récapitula tous les événements de cette triste journée et pleura tellement qu'elle trempa de ses larmes son petit oreiller.

Oh ! la chère maison paternelle ! le bien-aimé foyer ! les douces caresses de sa maman ! les gronderies amicales de Jeannette ! toute cette atmosphère de tendresse, d'amour qui l'entourait, la pénétrait ! Que tout cela lui semble loin, maintenant ! Elle se trouve si seule, si triste ! Mais combien plus seule et plus triste encore est la pauvre Praline, là-haut, dans son grenier !

Elle s'endormit au milieu de ses larmes, après avoir bien recommandé au bon Dieu ses chers parents, qui s'en allaient à toute vapeur vers cette lointaine et glaciale Russie qu'elle aurait tant voulu connaître.

Le matin, sitôt qu'elle fut habillée, elle s'échappa du dortoir pour courir au grenier.

« Minette ! Minette ! c'est moi, c'est ta maîtresse ! Viens vite, ma chérie ! »

Et Minette, bien cachée derrière de vieux meubles et des tas de caisses, Minette accourut en bondissant.

« As-tu bien dormi, ma Praline ?

— Mi-a-ou ! mi-a-ou ! dit la chatte, et d'après l'intonation on devinait qu'elle voulait dire : Ah ! que j'ai regretté la petite corbeille où je me couchais si chaudement, si moelleusement !

— Pauvre Praline ! répondit Adèle en la caressant. Mais au moins tu ne mourras pas de faim, va ! Vois quel énorme morceau de viande je t'ai apporté ! »

La chatte se jeta, comme une affamée qu'elle était, sur le morceau de veau qu'Adèle était parvenue à ressaisir.

« Et maintenant, adieu, ma chère Minette ; adieu jusqu'à tantôt. »

La petite fille descend les escaliers en courant ; mais en passant près de la lingerie elle se croise avec M^lle Brigitte, qui en sortait. Adèle pâlit, le cœur lui bat, sa vue se trouble ; elle s'appuie contre le mur, il lui semble que ses jambes tremblantes ne peuvent plus la porter.

« D'où venez-vous ? demande sévèrement la vieille demoiselle.

— Je viens de là-haut, balbutie Adèle.

— Et qu'alliez-vous faire là-haut, à ces heures, hein ? Pourriez-vous me dire, petite indisciplinée, pourquoi vous n'êtes pas au dortoir avec vos compagnes ? »

Et prenant la pauvre Adèle par la main, la rigide demoiselle la tire après elle et la conduit au dortoir.

Les élèves, alignées sur deux rangs, se préparaient à se rendre à la chapelle. On gardait un profond silence, aussi ne perdit-on pas un mot de la réprimande que reçut la pauvre petite.

« Sœur Lucie, dit M^{lle} Brigitte à la religieuse qui avait présidé au lever des pensionnaires, je vous engage à avoir les yeux sur cette *nouvelle,* car elle me paraît bien vagabonde. Je viens de la rencontrer dans l'escalier du grenier ! Je vous demande si c'est là qu'elle aurait dû être en ce moment !

« Je sais fort bien ce qu'elle allait chercher là-haut, et je la préviens que, dans son propre intérêt, je prendrai des mesures telles qu'elle n'aura plus besoin de s'échapper en catimini. »

Un frisson d'épouvante court dans les veines d'Adèle. Ah ! qu'est-ce que cette méchante vieille demoiselle machine contre ma pauvre Praline ? Pourvu qu'elle ait la prudence de se bien cacher !

Les petites se regardaient en riant, et, n'osant parler, se communiquaient leurs impressions par des signes à leur usage.

Après la prière, on se rendit en classe pour une petite étude d'une demi-heure.

Adèle, qui n'avait pas encore de leçons à apprendre ni de devoirs à faire, écrivit à sa maman.

Elle avait cru qu'elle éprouverait beaucoup de difficulté pour faire cette première lettre, mais elle ne lui coûta aucune peine. Sa plume courait sur le papier, et son pauvre petit cœur se déversait dans celui de sa mère.

Elle avait à peine fini son brouillon (elle avait écrit trop vite et trop mal pour pouvoir envoyer ce premier jet à sa mère) que le déjeuner sonna.

On avait de la soupe et un morceau de pain.

« Il n'y a rien là pour Praline, se dit Adèle; heureusement qu'elle a déjà mangé un bon morceau de viande; mais elle meurt de soif : elle n'a rien bu depuis hier matin, et elle a eu si chaud et tant de peur dans la caisse à chapeau ! Elle n'en peut plus, tant elle est altérée ; j'ai bien vu ça ce matin.

« Dans quoi lui porterai-je à boire? Dans mon gobelet? Mais je ne puis pas sortir devant tout le monde mon verre à la main ! »

Après le déjeuner on avait une demi-heure de récréation, et, pour la première fois depuis la veille au soir, les langues des enfants purent se délier.

Quels cris! quels rires! quels chants! quels sauts!

La petite voisine d'Adèle avait passé son bras sous le sien et lui disait :

« Soyons amies, veux-tu? Je m'appelle Henriette, mais ici je suis connue sous le nom de Riquette, parce que je ris toujours; et comme j'ai une mèche qui se tient toute droite sur le front, tu vois, on m'appelle Riquette à la houppe.

« Mais ça m'est bien égal, et je ne pleure pas quand on me nomme ainsi, comme toi, hier, quand on t'appelait la mère Michel. A propos, où est-il ton chat?

« La petite sœur Magloire nous a raconté quelle frayeur terrible il a faite à M^{lle} Brigitte. Tu sais que cette vieille fée veut le noyer, ton chat! Où est-il?

— Tu ne le diras à personne ? demanda Adèle, heureuse de pouvoir parler de sa pauvre Minette et des inquiétudes qu'elle lui causait.

— A personne ! déclara solennellement Riquette à la houppe ; moi, je suis un tombeau pour les secrets.

— Eh bien, dit Adèle tout bas, presque dans l'oreille de sa compagne, elle est au grenier, cachée derrière de grandes caisses.

— Mais elle meurt de soif, cette malheureuse bête ! pense donc qu'elle n'a rien bu depuis hier matin ! Et je ne sais pas dans quoi lui porter à boire.

— Écoute ! dit Riquette, puisque nous sommes amies, je te prêterai une jolie petite fiole que j'ai.

— Et où est-elle, ta fiole ?

— Dans mon pupitre.

— C'est que, dit Adèle, je voudrais lui porter à boire tout de suite, à ma pauvre Praline.

— Oh ! tu ne peux pas à présent, assura Riquette, parce qu'on te regarde ; mais je te donnerai un bon moyen. Quand nous serons en classe, tu feindras de saigner du nez ; tu mettras ton mouchoir de poche sur ta figure et tu diras : « Permettre de sortir, madame ? » On te fera signe que oui, et tu iras désaltérer ton minet. »

Adèle soupira ; elle trouvait ce qu'on lui conseillait bien mal ; mais pouvait-elle laisser mourir sa pauvre Minette de faim et soif ?

« Non, certainement, » déclara Riquette.

La cloche se fit entendre. Les élèves se rendirent dans leurs classes respectives.

Pendant le petit brouhaha qui se produisit avant que chacune fût installée à sa place, Riquette put passer sa fiole à Adèle.

« Tu iras la remplir, lui dit-elle, à la fontaine du dortoir.

« A présent, fais bien attention. Quand la classe sera commencée et que M^{me} Saint-Louis sera occupée à regarder dans son livre la leçon qu'on lui récitera, tu mettras vite ton mouchoir sur ton nez. »

Il en coûtait certainement beaucoup à Adèle, qui était très franche, de recourir à ces ruses, à ces subterfuges. Mais sa pauvre Minette!... Tout à coup on lui vit mettre son mouchoir sur le nez, suivant le conseil de Riquette, et se diriger vers la porte en disant d'une voix étouffée : « Permettre de sortir, madame?

— Où allez-vous, mademoiselle? demanda mère Saint-Louis.

— Elle saigne! cria la menteuse petite Riquette.

— Ah! vraiment? dit la maîtresse, qui se méfiait. Venez ici, ma petite, ôtez votre mouchoir! »

La pauvre Adèle était devenue pâle comme une morte. Oh! quelle honte elle allait avoir devant toutes les élèves, de passer pour une menteuse, une trompeuse! Elle restait là, immobile comme une statue : il semblait que la frayeur l'eût pétrifiée.

M^{me} Saint-Louis ôta la petite main qui tenait le petit mouchoir : pas la plus petite goutte de sang n'apparaissait au bout du petit nez!... La maîtresse regarda Adèle d'un air sévère :

« Vous avez menti, mademoiselle, lui dit-elle, et vous mériteriez une punition sévère pour avoir voulu me tromper; mais je veux bien encore user d'indulgence, seulement rappelez-vous que c'est la dernière fois. »

Ah! si la terre avait pu s'entr'ouvrir pour cacher la pauvre Adèle! Elle était hors d'elle-même de honte, de confusion. Aurait-elle jamais cru possible qu'elle pût s'exposer à un pareil affront? Si sa maman voyait sa fille ainsi humiliée devant toute une classe, si elle l'entendait traiter de menteuse, que dirait-elle, elle qui avait toujours loué son Adèle pour sa sincérité et sa droiture?...

Le plus triste, c'est qu'elle avait mérité cet affront.

O Minette! Minette! qu'il faut t'aimer pour recourir à de tels moyens et s'exposer à un tel opprobre!

Elle revient à sa place, bien confuse, bien désolée, et versant d'abondantes larmes sur elle et sur Praline.

Riquette, les yeux baissés sur son livre, qu'elle a l'air de lire très attentivement, lui dit tout bas, bien bas :

« Donne-moi la fiole; je trouverai bien moyen de sortir, moi, et je porterai à boire à ton chat.

— Oh! c'est bien inutile! murmura tristement Adèle; le chat ne viendra pas vers toi : il est devenu sauvage, il a peur. »

Et elle reste là, distraite, absorbée. M<sup>me</sup> Saint-Louis explique l'arithmétique; elle est au tableau et pose des chiffres; tous les yeux convergent de son côté... Mais Adèle ne voit rien, n'entend rien. Elle est au grenier, avec Praline qui meurt de soif, qui s'ennuie, qui est condamnée, elle si choyée, si gâtée, si entourée jusqu'à ce jour, à une solitude affreuse. Que pourrait-elle faire? que pourrait-elle imaginer pour adoucir, pour améliorer son sort? Si elle allait trouver M<sup>me</sup> la supérieure? Si elle la suppliait de prendre Praline sous sa protection, de défendre à cette méchante fée, comme l'appelle Riquette, de lui faire le moindre mal? Elle est toute-puissante au couvent, M<sup>me</sup> la supérieure. Tout le monde lui obéit comme au bon

Dieu. M{::c} Brigitte sera bien obligée de ne pas persécuter le chat si la Révérende Mère le lui défend.

Et elle a l'air si bon, cette supérieure! Quelque chose de si bienveillant, de si maternel! Oui, c'est décidé. Adèle ira se jeter au cou de cette dame; elle lui racontera toute l'histoire de Praline; bien sûr qu'elle aimera cette bonne petite chatte, et qu'elle ne voudra pas qu'on traque comme une bête féroce celle qui est la meilleure des bêtes du bon Dieu.

Tout à coup, un cri strident se fait entendre, un cri de désespoir. Adèle a tressailli.

« O mon Dieu! on dirait la voix de Praline! »

« Mi-a-ou!... mi-a-ou!... mi-a-ou!... »

Ces miaulements aigus et déchirants viennent frapper les oreilles et le cœur de la petite fille.

« Ma chatte! ma chatte! On tue ma chatte! »

Elle se précipite hors de la pièce.

En vain Mme Saint-Louis l'appelle; en vain la plus sage de la classe, le ruban bleu, s'élance à sa poursuite. Adèle se dégage, vole plutôt qu'elle ne monte au grenier.

Elle y arrive tremblante.

« Minette! Minette! Minette!... »

Point de Minette.

Elle va dans tous les coins, elle remue les vieilles caisses, elle appelle de sa voix la plus douce, la plus tendre... Un silence effrayant répond seul à ses appels.

Elle grimpe à la lucarne, elle regarde sur les toits. Peut-être que Praline sera allée faire un tour de promenade...

7

« Minette ! Minette !... »

Il lui semble qu'un miaulement lointain, étouffé, a répondu.

Elle se penche et elle pousse un grand cri, cri d'effroi, cri d'horreur, cri de colère. Elle a vu dans le jardin Mlle Brigitte qui porte un sac et qui se hâte. Le sac bouge, s'agite, se démène...

« O mon Dieu ! C'est ma chatte que cette méchante femme emporte ! Où va-t-elle ? que veut-elle en faire ?

« Minette, Minette, n'aie pas peur, ma pauvre petite ! Ne crains rien, je suis là, j'arrive, je vais te délivrer, je te sauverai, va ! »

A travers l'espace, ces paroles d'espoir arrivent jusqu'à Praline, à moitié étouffée et traînée à la mort. Mlle Brigitte les a aussi entendues et précipite sa course.

Adèle ne descend pas les escaliers, elle roule ; elle ne marche pas, elle vole ; elle rencontre quelques personnes qui veulent l'arrêter : elle se dégage en donnant des coups à droite et à gauche, son tablier reste dans les mains d'une sœur, sa résille dans celles d'une autre.

On croit qu'elle devient folle, et on la poursuit en criant.

Elle crie de son côté ; mais ce ne sont que des sons inarticulés, la rapidité de sa marche l'empêche de prononcer.

Praline miaule comme une perdue, la voix de sa maîtresse lui a rendu le courage ; à travers le sac, elle griffe tant qu'elle peut.

Hélas ! pauvre Praline, rien ne peut te sauver, ton dernier jour est venu !...

Les cheveux d'Adèle se dressent d'horreur sur sa tête quand elle voit la vieille Brigitte se diriger vers le grand bassin.

O puissances célestes ! Praline va être noyée !...

M^llo Brigitte plonge et replonge le sac dans l'eau, avec une joie cruelle qui contracte hideusement son visage parcheminé. Des mouvements convulsifs troublent la surface du bassin.

Adèle est enfin, mais trop tard, arrivée. Comme une petite lionne, elle se jette sur M^llo Brigitte, elle veut lui arracher le sac.

M^llo Brigitte, croyant le destin de son ennemie accompli, ne résiste que faiblement et lâche le sac, qui tombe au fond de l'eau.

Adèle saisit la partie qui surnage, tire avec peine, amène le sac à elle, y plonge la main et en retire la pauvre Praline ruisselante et inanimée.

En revoyant sa favorite dans ce piteux état, Adèle pousse un cri de douleur.

« Bourreau ! » dit-elle en lançant un regard indigné à M^llo Brigitte, qui contemple sa victime en branlant la tête, d'un air enchanté, satisfait.

La petite fille prend la petite chatte dans ses bras, elle la serre contre sa poitrine, elle retourne en courant à la maison.

Elle arrive hors d'haleine et tout en pleurs devant la chambre de M^me la supérieure. Elle frappe.

« Entrez ! » répond une voix douce.

La porte s'ouvre avec fracas, et Adèle, échevelée, le visage enflammé par la course et tout inondé de larmes, se jette à genoux sur le seuil, tend vers la bonne supérieure le cadavre de son chat, en criant d'une voix entrecoupée par les sanglots :

« Un médecin pour ma chatte !... ma chatte est évanouie ! ma chatte se meurt!... C'est cette vieille fée de M^{lle} Brigitte qui l'a assassinée ! »

Puis il semble à la pauvre enfant que tout tourne autour d'elle, que le plafond s'écroule sur sa tête, que le parquet se dérobe sous ses genoux. Elle devient aussi blanche que sa chatte et tombe sans connaissance d'un côté, pendant que le corps inanimé de Praline roule de l'autre.

Effrayée, M^{me} la supérieure se précipite vers sa sonnette; une sœur arrive, pousse de grands hélas! et, sur l'ordre de la Mère, prend Adèle dans ses bras pour la porter à l'infirmerie.

On la pose sur un lit, on lui fait respirer des sels, on l'inonde d'eau de Cologne, on la frictionne, on la caresse...

Elle revient enfin à elle, mais si pâle, si faible, qu'elle peut à peine parler et ne se rend plus bien compte de la catastrophe qui l'a mise en cet état.

On la déshabille, on la couche, on lui prodigue les plus maternels, les plus tendres soins.

Pendant ce temps, Riquette, qui avait profité du petit tumulte causé par l'évasion d'Adèle pour s'évader à son tour de la classe, s'était mise à la recherche de sa compagne, et, toujours courant, toujours cherchant, toujours furetant, elle était arrivée dans le corridor de la communauté.

Elle voit la porte de M^{me} la supérieure entr'ouverte, avance un peu son petit museau curieux à travers l'entre-bâillement, et pousse un cri de stupeur en apercevant, étendu sur le parquet, comme une masse inerte, un chat qu'elle devine tout de suite être la fameuse Praline.

Effrayée, la supérieure se précipite sur la sonnette.

« Tiens ! qu'est-ce qu'elle fait là , cette pauvre bête? se dit Riquette, qui entre, sans plus de façon, dans la cellule de la Révérende Mère. Comme elle est mouillée ! comme elle est étriquée ! comme elle est efflanquée ! comme elle est ratatinée !...

« Ah bien ! cette Adèle qui disait que sa chatte était si belle ! je ne lui en fais pas mon compliment ; c'est une horreur, une vraie horreur ! »

Et voilà Riquette qui prend son mouchoir de poche et qui essuie le corps de l'infortunée Praline. Quand elle l'a bien essuyée et séchée, elle la porte au soleil, prend, sans cérémonie, une brosse qu'elle voit sur un meuble, et se met à frotter vigoureusement la chatte, pour lustrer un peu son poil, tout collé à sa peau.

« Si Adèle la voit si laide, ça lui fera de la peine, pense Riquette ; il faut lui faire une belle toilette de mort, et puis elle aura un bel enterrement. C'est moi qui en réglerai les cérémonies et qui composerai l'épitaphe. »

Et tout en se parlant ainsi, Riquette frotte, frotte, frotte.

Sous ces frictions réitérées, il lui semble que le corps de la pauvre Minette se réchauffe.

« Si je lui mettais de l'eau de Cologne, se dit-elle, pour l'embaumer, comme on dit dans mon histoire ancienne que les Égyptiens embaumaient leurs chats ?

Riquette à la houppe, qui aimait beaucoup les bonnes odeurs, avait toujours sur elle un flacon d'eau de Cologne, dont elle versait quelques gouttes sur le mouchoir de celles de ses compagnes qui étaient favorisées de ses bonnes grâces.

Elle frotte, avec cette eau parfumée et réconfortante, le pâle museau de la pauvre Praline; elle lui enlève quelques mucosités qui obstruent ses narines; elle fait plus : elle desserre les dents entre-croisées et lui en verse quelques gouttes sur la langue, afin d'embaumer l'intérieur du corps aussi bien que l'extérieur.

Est-ce une illusion? Il lui semble que Praline a fait un petit mouvement.

« Oh! la chatte qui ressuscite! s'écrie joyeusement Riquette. On dit que ça a la vie si dure, ces chats! On a de la peine à les tuer. »

« Atchi! atchi! atchi! » C'est Praline qui éternue, Praline asphyxiée qui reprend son souffle, qui revient à la vie, qui ouvre son œil languissant et qui pousse un petit miaulement plaintif.

Riquette saute de joie, frappe des mains.

« J'ai ressuscité le chat! j'ai ressuscité le chat! quel bonheur! et comme Adèle va être contente!

« Voyons! que vais-je faire de ce chat, à présent? Il faut que je le porte à l'infirmerie; la bonne sœur Gâteau trouvera bien quelque chose pour le guérir tout à fait.

« Allons! en route! Viens, ma pauvre Minette, on va te donner quelque chose de bon; tu seras contente, n'est-ce pas ? »

Praline essaye de se mettre sur ses pattes; mais elle est encore bien faible, et la tête lui tourne. Elle veut commencer à se lécher un peu, mais elle n'en a pas la force, et elle se recouche sur le parquet en poussant un nouveau petit miaulement.

Riquette la prend dans ses bras et la porte à l'infirmerie.

« Sœur Gâteau, dit-elle en entrant, ma bonne sœur Gâteau, je vous amène un gentil petit malade que j'ai sauvé des portes de la mort. »

Puis elle s'arrête, toute stupéfaite et toute décontenancée ; elle vient d'apercevoir la Révérende Mère et la maîtresse principale, assises de chaque côté d'un petit lit, et dans ce petit lit est sa nouvelle amie, Adèle, dont la tête pâlie repose languissamment sur l'oreiller, tout inondé de ses boucles blondes.

« Mi-a-ou ! » s'écrie Praline, d'un ton tendre et plaintif, car elle a aperçu sa maîtresse chérie, et son cœur s'élance vers elle ; mais ses petits membres, encore raidis par l'asphyxie, n'ont pas assez de souplesse pour que l'élan du corps suive l'élan du cœur.

Adèle s'est dressée toute vibrante sur son lit.

« Ma chatte !... Il me semble que j'entends miauler ma chatte ! »

Et la mémoire lui revient et lui retrace le tragique tableau de la noyade de Praline ; mais ses yeux, qui recommencent à se remplir de larmes, rencontrent le délicieux petit groupe formé par Riquette à la houppe et le chat ressuscité.

« Oh !... » s'écrie-t-elle, avec une expression de surprise et de joie intraduisible, en tendant les bras vers sa compagne et vers son chat.

Riquette n'a fait qu'un saut et dépose l'heureuse Praline sur le lit de l'heureuse Adèle.

L'enfant et la chatte sont trop épuisées, l'une par ses émotions, l'autre par sa tragique aventure, pour manifester bien bruyamment la complète félicité qui les inonde.

Une petite caresse, un tendre baiser, une ébauche de ronron, un regard reconnaissant qu'Adèle jette à Riquette : c'est tout, et la petite fille et la petite chatte s'endorment dans les bras l'une de l'autre.

M^{me} la supérieure est enchantée de ce dénouement; elle arrange maternellement les couvertures du petit lit, donne un baiser à Adèle, qui sourit dans son sommeil, et interroge Riquette.

Celle-ci, qui avait peur d'être grondée, se rassure bientôt en voyant que la physionomie de M^{me} la supérieure ne paraît pas sévère; elle raconte comment elle a eu le bonheur de sauver le pauvre chat, et quel rôle la brosse de M^{me} la supérieure a joué dans cette résurrection.

M^{me} la supérieure sourit, donne une petite tape amicale sur la joue ronde et rose de Riquette à la houppe, et dit :

« Voilà une petite fille qui ne sera jamais embarrassée, et trouvera toujours un remède à tout.

— Ah! s'écrie Riquette en joignant les mains et en regardant la Révérende Mère d'un air suppliant, je suis pourtant bien embarrassée en ce moment, et je voudrais bien trouver un moyen de n'être ni grondée ni punie... Je n'ose plus rentrer en classe ; je m'en suis échappée sans permission, il y a plus d'une heure, pour courir après Adèle. Qu'est-ce que M^{me} Saint-Louis va me dire à présent? Bien sûr qu'elle me condamnera à rester coiffée de nuit, demain, toute la journée! Et encore si j'avais de jolis bonnets de nuit! Mais les miens sont très laids, pas même une petite dentelle : ces demoiselles s'en moquent, c'est très ennuyeux! »

La petite mine de Riquette à la houppe était si drôle et si espiègle quand elle parlait ainsi, que M^{me} la supérieure ne put s'empêcher d'embrasser cette grande pécheresse, qui avait si gravement transgressé les lois du pensionnat.

« Allons, dit-elle, je demanderai à ma sœur Saint-Louis de vous faire grâce pour cette fois... Pour cette fois ! vous m'entendez, ajouta-t-elle en menaçant du doigt la pétulante Riquette, et j'espère même qu'elle voudra bien, à ma prière, vous permettre de passer la fin de la journée à l'infirmerie, pour soigner votre nouvelle amie.

— Oh ! merci, madame ! » s'écria Riquette en saisissant la main blanche de la supérieure et en la baisant avec reconnaissance et affection.

Mme la supérieure, voyant Adèle paisiblement endormie, se leva, et, après avoir bien recommandé à la sœur infirmière d'avoir grand soin de la petite fille et de lui servir, ainsi qu'à sa compagne, un bon petit dîner bien réconfortant, bien succulent, avec quelques douceurs, quelques confitures, se retirait, lorsque Riquette à la houppe, qui l'accompagnait jusqu'à la porte et qui lui faisait de grandes révérences, s'écria tout à coup :

« Voilà bien le chat d'Adèle sauvé pour cette fois ; mais si Mlle Brigitte le pourchasse encore, veut le noyer ou l'empoisonner, que dira Adèle ? que deviendra Adèle ? Elle aime tant cette pauvre Minette qu'elle n'aura pas un moment de repos tant qu'elle ne sera pas rassurée sur le sort de cette bête.

— Eh bien, dit la bonne supérieure, j'adopte ce chat si heureusement sauvé, je le prends sous ma protection, et je le confie, d'une façon toute spéciale, aux bons soins de ma sœur Dosithée (c'était le vrai nom de celle que les enfants se plaisaient à appeler sœur Gâteau). »

Sœur Dosithée était une parfaite religieuse et une excellente personne : il n'en eût pas fallu davantage pour l'intéresser au sort de la pauvre Praline que son bon cœur et la recommandation de sa supérieure ; mais il se trouvait encore qu'elle avait un grand faible pour les animaux, et en particulier pour ceux de la race féline. Elle fut donc très satisfaite de pouvoir, tout en faisant plaisir à la Révérende Mère, contenter son penchant et garder près d'elle une jolie petite chatte qui lui rappellerait celle qui égayait jadis, aux jours de son enfance, son cher foyer domestique.

Riquette baisa avec transport la main de la vénérable supérieure, et quand cette bonne Mère eut disparu, après avoir fait une tendre caresse à la petite fille, celle-ci sauta au cou de la sœur infirmière.

« O ma sœur, ma chère petite sœur! quelle charmante journée je vais passer avec vous! Vous aurez bien soin du chat, n'est-ce pas ? Et vous nous donnerez un bon petit dîner.

> Ah! vous dirai-je, maman,
> Ce que l'on mange au couvent!
> Les ognons, les omelettes,
> Sont pour les grands jours de fête;
> Les alouettes, les pâtés,
> Sont pour Monsieur l'aumônier.

« Mais, cette fois, ce sera pour nous aussi. Tra la la! comme nous allons nous divertir et faire un bon petit dîner ! »

Abrégeons : car cette véridique histoire ne prendrait jamais fin.

Adèle et Praline se réveillèrent en sentant le fumet délicieux qui s'exhalait d'une petite table placée près de leur lit et couverte de toutes sortes de bonnes et appétissantes choses.

Après toutes les tristesses, toutes les appréhensions, toutes les poignantes émotions de la veille et du matin, la petite fille et la petite chatte se crurent transportées, en ouvrant les yeux, dans un monde enchanté où l'on ne connaissait ni les craintes, ni les alarmes, ni les angoisses. Une atmosphère de paix, de douceur, de sécurité, de tendre bienveillance, les enveloppait, les baignait pour ainsi dire.

Assise dans son petit lit, appuyée contre ses oreillers bien moelleux, bien blancs, serrant entre ses bras la pauvre petite Praline, qui avait couru un si effroyable danger et qui n'avait échappé que par une espèce de prodige à une horrible mort, Adèle regardait, avec des yeux brillants de reconnaissance, d'amitié, de bonheur, et l'excellente religieuse qui l'arrangeait maternellement dans son lit et étendait sur ses genoux une serviette bien blanche, et l'espiègle et gentille Riquette, dont la présence seule aurait suffi pour donner un air de fête et de joie à la petite chambre d'infirmerie, éblouissante de propreté et de blancheur, et tout illuminée par un beau soleil d'automne.

« Nous sommes joliment bien, n'est-ce pas? s'écria Riquette. Qui est-ce qui aurait cru que tout finirait si admirablement?

« Vois-tu, Adèle, il ne faut jamais se désespérer; la pluie a beau tomber, le soleil finit toujours par briller et le beau temps par revenir.

« Nous allons faire une fameuse dînette, va! Et justement c'est aujourd'hui le jour des lentilles, que je ne puis pas souffrir! En ai-je de la chance, dis, Adèle, en ai-je! »

Adèle ne disait rien, mais ses yeux brillants et son joyeux sourire parlaient pour elle. Praline était aussi heureuse ; elle ne toucha que du bout de la langue à toutes les bonnes choses que sœur Dosithée plaçait successivement sur la table des fillettes et dont celles-ci lui offraient une part ; elle préférait s'occuper de sa toilette, et rajustait de son mieux sa belle fourrure, tout en ronronnant d'un air de bonne humeur.

Dans l'après-midi, M<sup>me</sup> la supérieure entra un instant.

Adèle, qui s'était levée, se précipita à sa rencontre en s'écriant :

« Oh ! chère madame, que vous êtes bonne ! Grâce à vous, je pourrai désormais être tranquille sur le sort de cette pauvre Minette que j'ai eu la folie d'amener ici.

— Oui, dit la supérieure en s'asseyant dans le fauteuil que sœur Dosithée s'empressait d'avancer et d'offrir à sa Révérende Mère, oui, ils sont passés, ces jours d'alarmes, comme dit le cantique que ces demoiselles apprennent en ce moment.

« Votre gentille Praline coulera désormais des jours heureux sous la protection de notre excellente sœur Dosithée.

« Et vous, ma mignonne, vous serez une bonne petite élève, bien docile, n'est-il pas vrai ?

— Oh ! je vous le promets, madame, s'écria Adèle ; maintenant que je ne crains plus rien pour ma chatte, je me mettrai de tout mon cœur à l'étude et aux autres exercices du pensionnat...

— Et moi, interrompit Riquette, moi, madame, je vous donne ma parole que j'aurai le ruban de sagesse ; vous verrez ça !

— Il me faudra effectivement le voir pour le croire, dit la bonne supérieure, en souriant.

— Et moi, dit sœur Dosithée, il me semble que je ne le croirais pas quand même je le verrais ! »

En ce moment on entendit une voix aigre qui criait :

« Sœur Dosithée ! sœur Dosithée, où êtes-vous donc ? Venez vite me donner du taffetas d'Angleterre ; j'ai eu la main affreusement égratignée ce matin par un horrible chat, et je crains que la blessure ne s'envenime.

« Mais ou êtes-vous donc, sœur Dosithée ?

— Ici, mademoiselle, » répondit l'infirmière en ouvrant la porte.

M$^{\text{lle}}$ Brigitte fit un pas en avant et soudain trois en arrière, puis elle s'arrêta comme pétrifiée. A-t-elle bien vu ? N'a-t-elle pas la berlue ?

Elle se frotte les yeux, met ses besicles sur son long nez pointu et lève les bras, comme transportée d'horreur.

Le chat, le chat qui l'a griffée, le chat qu'elle a noyé, est là, plein de vie et de vigueur, sur les genoux de la Révérende Mère !

M$^{\text{me}}$ la supérieure sourit ; Riquette rit aux éclats de la mine déconfite de la vieille demoiselle ; mais Adèle est devenue pâle, et Praline, le poil hérissé, les oreilles rejetées en arrière, lance ses plus gros jurons et crache même avec fureur contre sa persécutrice, contre son bourreau. La bonne supérieure rassure Adèle par un mot, et Praline par une caresse.

« Ne craignez rien, mon enfant, dit-elle, Minette est à l'abri de tout danger. »

Puis, s'adressant à M$^{\text{lle}}$ Brigitte, dont les lèvres contractées par une vilaine grimace laissent apercevoir sa grande dent, que Riquette irrespectueusement appelle « dent d'ogresse » :

« Oui, mademoiselle, lui dit-elle, je vous prie de ne plus vous occuper de cette petite chatte ; elle restera à l'infirmerie, et sœur Dosithée prendra soin d'elle.

— Oh ! ma mère, y pensez-vous ! Protéger une si vilaine bête, la bête du diable ? Tenez, ma mère, regardez ma main ! Voyez-vous, là, la trace sanglante de ses griffes ? Allez ! elle et sa maîtresse font la paire. Si cette enfant continue comme elle commence, elle ira loin, j'en réponds ! Ses instincts sanguinaires peuvent la mener jusqu'à l'échafaud ! »

Adèle fond en larmes ; les yeux de Riquette lancent des éclairs, et sa petite houppe se dresse toute droite sur sa tête ; si elle n'était retenue par le respect que lui inspire M<sup>me</sup> la supérieure, elle se jetterait sur la vieille demoiselle ; il lui semble que ça lui ferait du bien de donner quelques coups de poing et quelques coups de pied à cette fée Carabosse, qui ose prédire l'échafaud à une aussi bonne petite fille que sa nouvelle amie.

Mais la Révérende Mère, d'un air très digne et très froid, impose silence à M<sup>lle</sup> Brigitte.

« Vous vous oubliez, mademoiselle, et les paroles que vous venez de prononcer ne sont ni d'une chrétienne ni même d'une femme de votre rang et de votre éducation. Je répète que j'ai pris cette chatte sous ma protection, et ce serait me faire une grande peine que de poursuivre et de maltraiter un animal inoffensif, auquel cette petite est si attachée. »

M<sup>lle</sup> Brigitte est verte de colère ; elle murmure quelques paroles inintelligibles, et regarde encore une fois d'un œil furieux le groupe formé pas la vénérable supérieure, les deux gentilles fillettes et la jolie chatte. Ses dents claquent de rage concentrée ; elle lance au nez de la pauvre sœur Dosithée le taffetas d'Angleterre que celle-ci lui apporte en souriant, et, oubliant toute retenue, jette derrière elle la porte avec fracas.

Enfin elle est partie ! La petite fille et la petite chatte respirent plus facilement. La première baise la main de la Révérende Mère, en lui disant :

« Merci, madame, merci pour moi et pour mon chat. Je n'oublierai jamais votre bonté, et quand j'écrirai à maman je lui dirai combien vous êtes maternelle pour sa petite fille. »

Et, Praline, apaisée et rassurée, recommence à se laver les pattes en ronronnant bien gentiment.

Le lendemain, les deux petites filles firent leur rentrée en classe. Adèle, à qui Riquette avait fait la leçon, supporta de bonne grâce les plaisanteries que se permirent quelques espiègles au sujet de son chat ; et quand on vit qu'elle ne se fâchait pas, on la laissa tranquille.

Elle se fit remarquer dorénavant par sa grande application à l'étude, sa docilité et son respect des prescriptions réglementaires.

Rassurée sur le sort de Praline, qui coulait des jours tissés d'or et de soie dans la paisible infirmerie ; ayant la permission d'aller la voir chaque jour pendant les récréations, elle ne chercha plus à s'échapper de la classe ni du dortoir, et conquit bien vite toutes les bonnes grâces de sa maîtresse, toute l'amitié de ses compagnes.

8

Riquette tint sa parole — pendant quelque temps. Durant toute une longue quinzaine, elle se conduisit si bien que, pour la première et la dernière fois, hélas ! elle eut le ruban de sagesse. — Mais un poète a dit :

Chassez le naturel, il revient au galop.

Et c'est ainsi que revinrent en galopant et les fous rires, et les chuchotements pendant les grands silences, et les inquiétudes dans les jambes qui ne lui permettaient pas de demeurer en place, et, en un mot, tout ce naturel de petite espiègle, de vif-argent, qui en faisait un drôle, un charmant petit lutin, mais non pas une sagesse.

Adèle eut longtemps à lutter, dans sa petite conscience, contre l'horreur que lui inspirait M^{lle} Brigitte. Elle ne pouvait se décider à lui pardonner les traitements qu'elle avait voulu infliger à sa pauvre petite chatte.

Toutes les fois que l'enfant arrivait, en priant, à cette partie du *Pater :* « Pardonnez-nous nos offenses comme nous pardonnons à ceux qui nous ont offensés, » elle éprouvait un grand trouble et un grand remords.

A quelque temps de là, M^{lle} Brigitte, en descendant un escalier, manqua une marche, tomba et se donna une forte entorse, qui l'obligea de rester trois semaines sur une chaise longue, enfermée dans sa chambre. Le premier sentiment d'Adèle, en apprenant cet accident, fut une vive satisfaction :

« Ah ! c'est bien fait ! » se dit-elle.

Mais elle rougit bientôt de ce sentiment. Si maman m'entendait, pensa-t-elle, elle dirait que je suis une païenne, et non une chrétienne.

Car, nous autres chrétiens, nous ne devons pas nous réjouir du mal qui arrive à notre ennemi ; s'il a faim, nous devons lui donner à manger ; s'il a soif, nous devons lui donner à boire. — Bah ! M<sup>lle</sup> Brigitte n'a ni faim ni soif ! — Non, elle n'a ni faim ni soif, c'est vrai, mais elle doit terriblement s'ennuyer. Si je demandais à M<sup>me</sup> Saint-Louis la permission d'aller la voir pour lui faire la lecture pendant la récréation ?

Quand Adèle parla à Riquette de ce projet, celle-ci éclata de rire.

« Est-ce que tu perds la tête ? lui dit-elle. Aller tenir compagnie à cette méchante vieille, qui a dit que tu périrais sur l'échafaud et qui a jeté ton chat dans le bassin ? Tu ne seras pas si niaise, hein ? »

Mais M<sup>me</sup> Saint-Louis, quand Adèle lui demanda l'autorisation d'aller voir M<sup>lle</sup> Brigitte, ne trouva pas que ce fût une niaiserie ; elle passa amicalement sa main sur les cheveux de la petite, en lui disant : « C'est une bonne pensée, mon enfant, de vouloir rendre le bien pour le mal. »

Mais il n'était pas facile de faire du bien à la vieille demoiselle.

Lorsque, pour la première fois, Adèle se présenta chez elle, et qu'ayant frappé timidement elle entra sur la pointe du pied, très émue et très embarrassée de savoir que faire et que dire, elle fut reçue par cette exclamation :

« Comment ! c'est vous, mauvaise pièce ! que venez-vous faire ici ?

— Mademoiselle, dit Adèle toute déconcertée et toute tremblante, je venais voir si vous aviez besoin de quelque chose. Peut-être pourrais-je vous faire quelque petite commission ou bien une lecture.

— Ta ! ta ! ta ! qu'est-ce que c'est que ces histoires-là ? Me prenez-vous pour une oie, petite masque ! Vous venez voir si vous pourrez me jouer quelque mauvais tour? Faites-moi le plaisir de tourner les talons, et plus vite que ça ! Si je pouvais me remuer, je vous ferais dégringoler l'escalier, petite coquine ! A-t-on jamais vu ! venir me narguer jusque chez moi ! A la porte ! à la porte ! »

Adèle, très mortifiée d'être ainsi reçue, et les larmes aux yeux de voir ses bonnes intentions ainsi méconnues, se retirait toute confuse, quand, en se démenant sur sa chaise longue pour repousser la petite visiteuse, à grands renforts de gestes, M^{lle} Brigitte fit rouler sur le parquet ses lunettes et son ouvrage. Adèle se précipita pour les ramasser; cette action si simple était presque héroïque, tant la pauvre enfant avait le cœur ulcéré par la brusquerie, la grossièreté de la vieille demoiselle.

Celle-ci regardait Adèle avec des yeux qui lui sortaient de la tête ; elle s'attendait à la voir se sauver avec ces objets, qu'elle irait cacher quelque part pour se venger, et elle resta ébahie en voyant que la petite fille les déposait sur une table placée près d'elle, en lui faisant une jolie révérence.

Tant de douceur, tant de complaisance, tant de politesse, firent éprouver une vive émotion à l'acariâtre Brigitte.

« Allons ! allons ! dit-elle en adoucissant sa voix, vous n'êtes pas encore si mauvaise que je le croyais. Asseyez-vous là et causons un peu. »

Adèle s'assit sur le bord de sa chaise, et répondit timidement, mais aimablement, à toutes les questions qu'il plut à la vieille dame de lui adresser.

Au bout d'une demi-heure elles étaient, sinon amies, du moins en bonne passe de le devenir.

« Au revoir, ma mie, au revoir ! dit M^{lle} Brigitte d'un air assez

Adèle se précipite pour les ramasser.

affable ; toutes les fois que vous voudrez venir me tenir un peu compagnie, vous serez la bienvenue. »

Quelle victoire ! quel triomphe ! Adèle, en rentrant en classe, ne marchait pas : il lui semblait planer, tant elle se sentait légère. Elle n'avait plus sur le cœur ce poids horrible que causent le ressentiment, la haine, le désir de la vengeance. Elle s'était bien vengée, mais noblement, chrétiennement, en faisant du bien à celle qui avait voulu lui faire du mal.

Le soir, à la prière, avec quelle joie, avec quelle douceur elle prononça les saintes paroles de l'Oraison dominicale : « Pardonnez-nous nos offenses comme nous pardonnons à ceux qui nous ont offensés ! »

Elle s'endormit le sourire aux lèvres et fut bercée toute la nuit par des rêves divins.

La conduite d'Adèle avec M^{lle} Brigitte fut diversement appréciée et jugée par les petites têtes du pensionnat; mais Adèle s'en souciait fort peu, et le témoignage de sa conscience lui suffisait; elle sentait qu'elle faisait bien, que sa mère l'approuverait, et elle ne s'inquiétait pas de tout ce que ses compagnes pouvaient dire ou penser d'elle.

Pendant tout le temps que dura la reclusion de M^{lle} Brigitte, Adèle vint donc chaque jour mettre au service de la malade sa grande complaisance et ses petites jambes.

La vieille demoiselle finit par être réellement reconnaissante des gracieux procédés de l'aimable enfant ; et lorsqu'elle put se lever et faire quelques pas dans sa chambre, elle prépara une bonne petite collation, composée de confitures, de bonbons, de toutes les sucreries dont toutes les petites filles sont si friandes, et elle mit dans une soucoupe, placée à part, un peu de lait chaud sucré qu'elle réservait — on ne le croirait pas — à la gentille Praline.

Adèle n'en crut pas d'abord ses oreilles lorsque la vieille demoiselle lui dit :

« Apportez-moi votre chat, ma mie ; je veux faire la paix avec lui, et je tâcherai de l'aimer un peu, à cause de vous. »

Quand la petite fille fut bien sûre que M<sup>lle</sup> Brigitte parlait sérieusement, elle fut transportée de joie :

A la récréation suivante, elle courut à l'infirmerie :

« Praline, ma bonne, ma chère Praline, je t'annonce une heureuse nouvelle : M<sup>lle</sup> Brigitte veut faire la paix avec toi ; elle désire te voir et m'a demandé de te porter chez elle. Tu seras aimable, Praline, n'est-ce pas ? Tu lui pardonneras le mal qu'elle t'a fait ? Il ne faut pas avoir de rancune, ma mignonne, et puisque ton ennemie se repent, il faut accueillir ses avances et oublier le passé. Tu entends, Praline ? »

La petite chatte ne comprit pas grand'chose à ce discours ; elle ne vit que les mines caressantes de sa chère maîtresse, elle n'entendit que le doux son de ses paroles et témoigna son contentement par de joyeux ronrons et de tendres petits mi-a-ou.

Mais Adèle, en voyant l'air satisfait de Praline, s'imagina qu'elle acquiesçait à ses exhortations.

Elle la prit donc entre ses bras et s'achemina vers la chambre de M<sup>lle</sup> Brigitte.

Tout le long du chemin, la chatte, enchantée de se promener avec son Adèle chérie, de se sentir pressée entre ses petits bras, ronronnait d'un air de béatitude, de ravissement, et la fillette pensait :

« Quelle bonne bête que cette Praline ! Elle n'a pas plus de fiel qu'un pigeon! Rien que l'idée de se réconcilier avec sa plus mortelle ennemie la transporte de joie. C'est qu'il est si triste de haïr et d'être haï! si doux, au contraire, d'aimer et d'être aimé! »

Mais lorsqu'elle eut ouvert la porte de la chambre et que Praline, tournant languissamment la tête, aperçut au fond de la pièce la terrible demoiselle qui s'avançait au-devant d'elle, appuyée sur une canne et faisant de vains efforts pour donner une expression gracieuse et amicale à ses traits rigides et pointus, elle poussa comme un rugissement d'horreur et d'effroi.

« Praline, ma chère Praline, dit Adèle, ne t'effraye pas, ne tremble pas comme ça! M<sup>lle</sup> Brigitte ne veut pas te faire du mal, au contraire! Tiens, regarde le bon morceau de biscuit qu'elle te tend! Allons, sois gentille, sois aimable, viens faire la paix, viens. »

Mais Praline, au paroxysme de la terreur, jeta un nouveau cri de détresse, et, se débattant de toutes ses forces, échappa à l'étreinte de la petite fille et s'élança sur la commode.

« Ah! mon Dieu! cria M<sup>lle</sup> Brigitte, cette horrible bête va tout casser, tout briser! Prenez-la, Adèle! Emportez-la!

— Oui, mademoiselle, dit la petite fille, effarée et confuse de la conduite de Praline.

— Minette, ma chère Minette, dit-elle d'une voix bien douce, en s'approchant de la commode où Praline bondissait entre divers objets fragiles et précieux, Minette, qu'est-ce que c'est que ces manières-là? Allons, viens vite! Prends bien garde de rien casser. Ne crie donc pas comme ça, nigaude! On ne veut pas te faire de mal, puisque je suis là. »

Elle essaya de prendre la chatte ; mais celle-ci sauta par-dessus une statuette, et, la queue gonflée, le poil hérissé, les oreilles rejetées en arrière, les griffes sorties de leur gaine de velours rose, elle s'apprêta à se défendre hardiment.

« Si cette vieille harpie s'approche de moi, miaula-t-elle, je lui déchire le visage !

— Oh ! Praline !

— Je lui mords le nez !

— Oh ! Praline ! Praline !

— Je lui arrache les yeux !

— Oh ! Praline ! Praline ! Praline !

— Emportez-moi ce chat ! criait M$^{lle}$ Brigitte, que l'air furieux et les rauques miaulements de Minette effrayaient et exaspéraient. Emportez ce chat ; il devient enragé, il va me sauter à la figure ! Oh ! mon Dieu ! mon Dieu ! Allons, petite, débarrassez-moi donc de cette affreuse bête ; emportez-la, disparaissez toutes les deux, et que je ne vous revoie jamais, jamais, jamais !

Mais ce n'était pas une entreprise facile que celle de s'emparer de Praline, qui semblait folle de peur : car la vue exécrée de M$^{lle}$ Brigitte avait soudain rappelé à son souvenir les scènes tragiques de l'emprisonnement dans le sac et de la noyade dans le grand bassin. Un tremblement convulsif la secouait de la tête à la queue ; elle grondait, elle grognait, elle sifflait, elle jurait, elle était devenue effrayante. Jamais encore Adèle ne l'avait vue en cet état. La pauvre petite ne put s'empêcher de pleurer.

« Oh ! mademoiselle, jamais je ne pourrai prendre Minette si vous restez là! Vous lui faites peur; elle croit que vous voulez encore la noyer; elle ne comprend pas que c'est pour faire la paix que je l'ai amenée ici. Je vous en prie, sortez un petit moment; quand la chatte ne vous verra plus, elle se calmera, et je pourrai la prendre et l'emporter.

— Ah! je suis une sotte! Ah! je suis une bête! disait la vieille demoiselle. Ma longue réclusion m'a affaibli l'esprit, et c'est cet affaiblissement qui m'a donné l'idée de faire venir cette infernale bête dans ma chambre. Je suis dans une telle colère que, si je ne me retenais pas, si je ne craignais de casser mes statuettes, mes cristaux, mes porcelaines, je tomberais à grands coups de bâton sur ce diabolique chat! »

Et en parlant ainsi elle menaçait de sa canne la chatte, qui lui ripostait par des jurons de plus en plus accentués.

Enfin, cédant aux prières d'Adèle, M<sup>lle</sup> Brigitte consentit à s'éloigner, à subir, comme elle le disait, l'affront de s'enfuir devant un chat!

Quand Minette ne vit plus sa persécutrice, son bourreau, elle revint à elle et se calma peu à peu. Sa queue se dégonfla, ses poils hérissés s'abattirent, ses oreilles se redressèrent, et ses vingt griffes rentrèrent dans leur étui.

« Oh! Praline! Praline! quelle honte tu m'as faite, vilaine! Est-ce ainsi qu'on se conduit quand on va en visite? Et moi qui croyais assister à une touchante scène de réconciliation! Tu m'as donné l'affreux spectacle d'une vraie scène de cannibales : car vous vous seriez scalpées, vous vous seriez dévorées toutes les deux, si vous l'aviez pu!

« Heureusement, du moins, que tu n'as rien cassé; tu es joliment adroite et légère, va! Allons, viens, méchante! viens, rancuneuse! viens, sauvage! Tu te moques pas mal du pardon des offenses, toi! Je suis sûre que, si tu en avais le pouvoir et la force, tu traînerais aussi M^{lle} Brigitte dans un sac, et que tu la jetterais dans le bassin. N'est-ce pas que c'est vrai? Allons, embrasse-moi. Dans quel état tu t'es mise! Ton pauvre petit cœur bat à se rompre! Il faudra que je prie sœur Dosithée de te donner quelque chose de calmant, car tu es dans le cas de tomber malade. »

Adèle remporta son chat à l'infirmerie, où justement la sœur infirmière était en train de préparer une valériane pour M^{lle} Brigitte, qui avait pris une attaque de nerfs; elle en donna quelques gouttes à Minette, qui s'en lécha longtemps les lèvres. Ah! si la vieille demoiselle avait su que ce chat abhorré avait eu la primeur de son infusion! Mais elle n'en sut rien, et cette boisson antispasmodique fit le plus grand bien à la petite chatte et à la vieille demoiselle. Celle-ci, qui s'était habituée à Adèle, à son gentil babil, à son excellent caractère, à sa complaisance inépuisable, ne lui garda pas longtemps rancune de l'algarade de son chat; mais elle n'essaya jamais plus de se réconcilier avec lui; cette première tentative fut la dernière, et elle conserva intacts son horreur, son mépris, son dégoût pour la race féline.

Et pourtant, un beau jour, elle offrit à Adèle, muette d'étonnement, un délicieux petit collier qu'elle-même avait pris la peine de broder pour Praline; elle pria la petite de l'accepter comme un gage d'oubli pour le passé, d'amitié pour le présent et pour l'avenir. En le recevant,

Adèle ne put s'empêcher d'embrasser M^{lle} Brigitte, qui éprouva une émotion inconcevable en sentant les lèvres roses de l'enfant effleurer ses vieilles joues parcheminées. Il y avait peut-être quarante ans qu'elle n'avait reçu un baiser, et celui de la petite fille réchauffa son pauvre cœur un peu glacé. Dès lors, dans le couvent, tout le monde remarqua qu'elle essayait d'être plus aimable, moins pointue, moins acerbe, moins acariâtre, on lui sut gré de ses efforts, quoiqu'ils fussent rarement couronnés de succès, et on en rapporta l'honneur à la douce influence de la petite Adèle, qui avait su vaincre le mal par le bien.

Nous arrêterons là l'histoire de la petite fille et de la petite chatte. Il faudrait plusieurs volumes pour raconter tout ce qui leur arriva encore, et ce serait interminable.

Le papa et la maman revinrent au temps marqué; leur voyage avait été très heureux, très agréable, et la santé de la maman se trouvait parfaitement bien de ce petit séjour dans son pays natal.

On devine quel ravissement ce fut pour les parents et pour l'enfant de se revoir, de s'embrasser, de se raconter mille et mille choses qu'ils n'avaient pu se dire, malgré une correspondance très suivie. M^{me} la supérieure n'eut que des éloges à faire de la bonne petite fille, qui fut regrettée de ses maîtresses, de ses compagnes, surtout de la gentille Riquette, qui avait été pour elle comme une sœur.

Adèle présenta Henriette à sa maman, à qui elle plut beaucoup, et qui promit aux enfants qu'on arrangerait les choses de manière à ce qu'elles pussent se voir souvent. C'est ce qui arriva, et l'amitié de Riquette fut pour Adèle une des plus douces jouissances de sa vie.

Praline revint à la maison d'une façon plus agréable et plus confortable qu'elle n'en était partie.

Elle avait fait un grand accueil au papa, surtout à la maman, qui la trouva grossie, grandie, mais toujours jolie, gracieuse, charmante.

Jeannette avait mis les petits pots dans les grands pour recevoir sa chérie, son trésor, son astre, son bijou d'enfant. Elle s'était bien ennuyée, la pauvre bonne, toute seule, si longtemps, dans cette grande maison déserte! Mais, grâce à Dieu, les voilà tous revenus, et pour longtemps, pour toujours sans doute. Praline reconnut très bien la bonne; elle se frotta gentiment contre elle en faisant le gros dos, son ronron et toutes les gentilles mines à l'usage de messieurs les chats et de mesdames les chattes, ce dont Jeannette fut si touchée qu'elle professa désormais une grande sympathie pour ce qu'elle appelait autrefois la race du diable.

Dame Coqueriquette vint saluer de ses plus éclatants coquericos le retour de ses maîtres et celui de Praline. Elle ne laissait pas cependant d'être dans une certaine inquiétude au sujet de cette dernière, car en son absence elle s'était emparée de son domaine et l'avait mis sens dessus dessous.

Mais la chatte était devenue philosophe pendant son séjour au couvent. Elle abandonna à la poule, sans la moindre contestation, ce morceau de terre qui avait fait jadis le sujet de tant de débats, de tant de querelles, et s'installa dans un autre coin de pelouse bien ombragé, bien abrité, bien exposé, où Adèle fit planter quelques touffes de valériane.

Le bon petit Froufrou faillit devenir fou de joie quand l'oncle le ramena dans la maison d'où il avait été exilé si longtemps, et qu'il y retrouva tous les objets de ses affections : ses grands maîtres, sa petite maîtresse, dame Jeannette, la poule noire et la belle Praline, plus imposante, plus majestueuse que jamais.

M$^{me}$ la chatte accueillit les hommages respectueux et empressés du petit chien avec une grâce hautaine, où perçait cependant une joie sincère d'avoir retrouvé l'aimable compagnon des jeux de son enfance, et ils vécurent depuis dans la plus parfaite union.

FIN

SOCIÉTÉ ANONYME D'IMPRIMERIE DE VILLEFRANCHE-DE-ROUERGUE
Jules Barboux, Directeur.

9 782016 146217